味的人

邱伟杰 著

四川文艺出版社

图书在版编目（CIP）数据

味的人 / 邱伟杰著. — 2版. — 成都：四川文艺出版社, 2019.4 (2019.11重印)
ISBN 978-7-5411-5401-0

Ⅰ. ①味… Ⅱ. ①邱… Ⅲ. ①散文集—中国—当代 Ⅳ. ①I267

中国版本图书馆CIP数据核字(2019)第067392号

WEI DE REN
味的人

邱伟杰 著

责任编辑	燕啸波
封面设计	叶 茂
内文设计	叶 茂
责任校对	蓝 海
责任印制	崔 娜

出版发行	四川文艺出版社（成都市槐树街2号）
网　址	www.scwys.com
电　话	028-86259287（发行部）　028-86259303（编辑部）
传　真	028-86259306

邮购地址	成都市槐树街2号四川文艺出版社邮购部　610031
排　版	四川最近文化传播有限公司
印　刷	成都东江印务有限公司
成品尺寸	130mm×184mm　　开　本　32开
印　张	7　　　　　　　　　字　数　90千
版　次	2019年4月第二版　　印　次　2019年11月第四次印刷
书　号	ISBN 978-7-5411-5401-0
定　价	46.00元

版权所有·侵权必究。如有质量问题，请与出版社联系更换。028-86259301

邱伟杰

味的人

目录

自　序　味啊！ / 001

第一章　刻面的宝石 / 005

每一个刻面与另一个刻面相互辉映对照，刻面与刻面折射，便将光的能量加强放大，呈现出一种统一而璀璨的炫亮。通过复杂而达到的炫亮，尽管看起来是一眼亮的，但只要多停留一秒，便会陷入那众多光芒中折射闪烁的一幅幅刻面。这样的钻石，不是将我们常说的一眼亮美人和耐看型美人的优势集于一身吗？

第二章　人生艺术 / 037

当你以人生艺术的思维角度，重新观察一遍自己的过去、现在，实际上就获得了一次重新梳理人生价值的绝妙机会。也许正是曾经的某样失去，成就了你今天耀眼的得到；而往昔那短暂的得到，却带来了人生永远的错失。当你把自己切换成艺术家的角色，并用完成艺术作品的方式来面对人生时，你一定会找到许多曾经错过的美。

第三章　情趣探源 / 071

当然，你不能止步于发现自己的缺失，并认账感恩便足矣。人在获得情趣后，还需要在维持有限性的感恩中去滋养情趣。情趣，仍然需要成长，前进。我们要让情趣生长繁茂，斑斓绽放。未来社会，将是在承认有限性的态度中谋求发展，而不是疯狂的欲望喷射，耗尽本钱，耗尽我们所处的环境中的资源。杀鸡取卵的时代过去了，快乐且长久快乐的价值观，才是理想的追求。

第四章　欲望的回归 / 105

当你关注到不满的欲望，试图战胜自身的羞怯、无能、烦恼时，你放大了欲望的无限性，忽视了自己天性的不足。

胆怯、害羞、懦弱是随生命一起降临的天性。人人都是英雄了，英雄还怎会值得歌颂？只有当我们的天性本能，被外部社会阻碍时，才需要抗争。人的战争是由内抗外，抗社会绑架，抗"非我"的。克里希那穆提说，对欲望不理解，人就永远不能从桎梏和恐惧中解脱出来。如果你摧毁了你的欲望，可能你也摧毁了你的生活。如果你扭曲它，压制它，你摧毁的可能是非凡之美。

第五章　走出困境 / 141

人生如逆旅，我亦是行人。人生在世，不长不短，日子时而快，有时却又慢。人的悲欢不一样，体验也有万万种，但它们终归都是有限的，是暂时的。

第六章　体味，不断地体味 / 177

美、味，不是灵魂和肉体脱节的对立，是基于生命具体质料的实在存在。美，是要通过物质呈现的。味，也需要通过人的生命作为载体来承接。

自序
味啊！

在老家浙江，不管你做什么，人们总会习惯性地问一句："味否？"这里的"味"在我乡音中读作"Fi"（四声）。问味否，就是问你快乐吗，舒服否。你可以用"味么味么"（快乐极了）、"有点味的"（有点快乐）、"哈农味"（特别快乐）等等不同程度的"味"来做回答。其实，在长达几十年的过去，我一直没能找出"Fi"所对应的汉字。幸得前几年有缘结识一位语言学家同乡，才终于知道"Fi"这个音，说的是汉字的"味"。

味，滋味也，就是味道。我们吃肉咸，吃橙子甜，或是闻橙皮香，都是味道。这是味的第一层意思，质料层面的，即滋味。第二，就是趣味，情趣，即人的审美倾向，也就是事物属性层面的。还有一层意思，是关于审美活动的，即体验，体味。

滋味，趣味，体味，构成了味的三个层次。

那么，这本《味的人》与上一本《美的人》有什么关系呢？归根结底，还是离不开美。美是品质的静态分析，味是美的动态分析。所以，味是美的生发，是美的更高层面。如果说《美的人》是一本关于人体美的书，那么《味的人》则是一本关于人生美的书。

季路问孔子什么是死，孔子说："未知生，焉知死？"这话是说，如果你不知道究竟什么是生，那又怎么能够知道什么是死呢？既然死是生的一部分，生又何尝不是死的一部分呢？在我们有限的人生时间中，我们到底该如何寻到和达到"人生美"呢？

吃一碗小馄饨解馋，喝一碗烧酒壮胆。零落在人生时境中的点滴快乐与幸福，汇成了我们全部人生的美好。什么是快乐？字典解释为感到高兴或满意，医学上称此为人类的一种精神愉悦，是一种舒服的状态，现代还有人说快乐是成功的副产品……关于快乐和获得快乐的指南星罗棋布，仿佛快乐和幸福成了一种人生试卷的评分。

除却我用来生长成人的那些年岁，其余我都交给了美。从发掘美、展现美，到认识美、言说美，我历经几十年不弃地体会累积，到现在总算可以说是略有心得。看来，对美的追寻和探索，便是我的趣味所在，既予我浩繁的缤纷滋味，又让我进入了人生之体味，味么味么！

你到底快乐吗？能不能更快乐？本书并非要给你们答案，而是将我之所思分享出来，给诸位铺陈多种路径，为大家解惑人生之味提供些许参考，是以大乐！

味啊！味味死！

第一章
刻面的宝石

钻石原先是蛋面的,红宝石也是蛋面的。这些璀璨的宝石,都是从蛋面到刻面,再到今天精准切割的八心八箭,甚至更多的几十种不同的刻面。为什么宝石会从单一的蛋面,走向璀璨缤纷的刻面呢?都是为了不断发现价值。人生其实就是从蛋面到刻面的过程。粗放潦草的人生就是蛋面,混沌得很,无外乎吃饱睡足,考试过关。但丰富的人生,就开始有刻面,有对品质的要求和需要。如何发现价值的多面性,就好比宝石以刻面去闪射光泽。

人类对珠宝的热爱,一定早于宝石学的诞生。钻石,又叫金刚石,摩氏硬度为10,是世界已知物质中最坚硬的,也是所有宝石中硬度最高的。钻石一词的英文"adamas"源自希腊语"ανTάμα",意为不可战胜,坚硬无比。古希腊人认为钻石是众神的眼泪,还有人认为它是流星陨落到地球上的碎片。在梵文中,钻石的意思是雷电。一直以来,人们都相信钻石具有通神的超能力,能够避除邪魔。我们的先人还认为钻石会生小钻石,连17世纪著名的英国化学家罗伯特·波义耳(R.Boyle,1627—1691)也曾表示认同这一观点。

世界历史上第一家广告公司智威汤逊在20世纪30年代末,成功书写了一句至今难以撼动的经典广告语:"A diamond is forever"。也许你并不认得这句话,但"钻石恒久远,一颗永流传"一定是一句你不知自己何时听说,却已然在脑海中存在的话。据说,这句被当作世界经典营销典范的中文翻译，是戴比尔斯公司通过香港的奥美广告公司征集译文，经过将近半年的不断甄选而最终敲定的。谁能想到，经过短短几十年时间，钻石成为我们确定婚约、象征爱情的信物。以钻石作为矢志不渝的爱情寄托，并非我们亘古沿袭的传统，是通过一句对钻石硬度、恒定性进行放大的广告语，重新建立的新习惯。我提这件逸事，并非意在夸赞其营销与推广的成功，而是告诉大家，我们正是通过这句把钻石与爱情强行对等的广告语，才普遍开始了与钻石遭遇的命运。

抛开色度与净度，所有人想到钻石，首先就是它的光芒。而钻石之所以呈现出我们今日所见的亮闪，得归功于20世纪70年代一位日本商人的偶然发现。这位日本商人在销售普通圆钻的过程中，恰好发现其中有一些切割极好的圆钻在专门观测钻石的切工镜下，正面能看出八个箭头，从反面看，则呈现出八颗闪光的心。这一发现经后来大量的数据总结，明确表明只要普通圆钻的切工落入某一范围，就可以呈现出标准的八心八箭的图案。偶然的美的瞬间，成就了八心八箭切割法走向大众的必然。尽管钻石在色度、净度上的差异分级异常严格，但谁也无法阻拦经过完美切割后的钻石所闪烁出的光华。

人生同理。美亦同理。除了自觉，也常常会有偶然的他觉在影响着我们的判断。这些偶然，也许恰好示意着一些血脉根性中的必然。

一颗钻石通过精准的八心八箭切割，产生出炫丽夺目的火彩。雪白的底子，射出斑驳陆离的彩光，是人生刻面化将收获的至高妙处。一个素净的美人，倘还会歌咏，精通诗韵，或是善茶能言，怎不令人层峦深陷，惊异叹绝！

有关美的千面性，在我的上一本书《美的人》中谈过,在此再简单总结一下。《美的人》,核心思想是本来美,即人生来就是美的人。但本来美并不意味着本来就美,什么都无须再做了。本来美是一颗天赋的种子,种子需要浇灌培植,需要成长,这就是美的成长。大千世界,芸芸众生,从不曾有两朵相同的花,也不会有全然一样的人。所以,本来美是有差异的,千人千面,迥然不同。

首先,上天本来就赋予你一种美的根性,或是梅花,或是兰花,或是樱花。但本来美绝不仅仅局限于此。如果你是梅花,那么梅花之性就是你最优势的一面。而人类与生俱来的复杂性,决定了你除去最优势,一定还有亚优势、次优势、次次优势等等。作为梅花,你定然与兰花不同一格,但你的根性中,或许也有兰花性,只是它不是你最优势的部分。当然,还原出自己最优势的本来美,已经往收获美的结果走出了关键的一步,但如果你只专注于自己最优势的部分,那么那些依附于你根性中的其他优势就被忽视了。蛋面化的人生，让你只能依靠自己的最优势部分，无法获取其他优势带来的能量可能性。

也许你最优势的是语言能力，但你仍然还具有表现能力，组织能力。如果把你蛋面化，那你的一生就只能表现出语言上的才华，你的可能性将被局限于主持人、教师、导游、作家等等。而这些都是语言优势被放大所走向的极端，也就是说，剩下的只是一些低端。你甘心于你的人生可能性就止步于此吗？现代科学的发展，已经极速增进了人与人、地点与地点的交互时间。我们早已无须如百年前，将大量的人生时间浪费在路途，等待对未知的期盼中。汽车、飞机、电子通讯，都为我们赢得了更多拓宽人生可能性的时间。那么，我们是否也应该对蛋面化的人生做出一些改变，来承接高速前进的今天为我们争取出的宝贵时间呢？

除了自身本来美最优势的一点之外，所有存在于我们身上并非最特长的其他优势，也是你的本来美。歌德说，美是艺术的最高原理，同时也是最高的目的。教育就是用来刻面化的。不管我们浸染于音乐、文学、书法还是绘画，都是可以探寻自己其他优势的有效路径。

麦当娜是一位至今仍在活跃、刻面化发展非常成功的典范。60岁的她，还在出唱片，拍封面，穿超高跟鞋在舞台上跳舞。她的价值，绝不仅限于一位西方流行女歌手。这位外表天资起点非常一般的多面巨星，是歌手、导演、音乐制作人、性解放支持者、女权主义者、母亲、艺术家、作家、企业家、演员、时装设计师。因为多重价值的发展叠加，延续了她在代谢极快的流行文化中的生命。尽管仍占据着流行市场的份额，但她的个人意义，早已远超流行文化。她在一次采访时曾说："如现在这世道，要做一个成功的流行歌手好像非得有丰满的屁股才行。我和我18岁的女儿谈论过这个问题。她问我：'妈妈，现在要是你的视频里没有大臀部，就没有人看，这是怎么了？'我觉得她能观察到这点挺有趣的。"

美的价值是动态的。比如说，20世纪六七十年代，吃豆腐是富足的表现，到了90年代还在吃豆腐，就是贫穷的象征。如今，我们对豆腐的解读，又转化成了非肉类的优质蛋白质来源。时间的推进，可以将一件事，转化成截然不同的另一件事。我们今天的电话、视频、短信，在古人看来或许就是超能力；但古时对珠玉的雕琢之术，钻孔刻线，绝不是现代人靠机器、电脑、刻刀可以完成的。所以，文明和发达，都是相对的。云舒云卷，此起彼伏。多刻面的延伸，才能使美不被困于时下眼前的局势。

每一个刻面与另一个刻面相互辉映对照，刻面与刻面折射，便将光的能量加强放大，呈现出一种统一而璀璨的炫亮。通过复杂而达到的炫亮，尽管看起来是一眼亮的，但只要多停留一秒，便会陷入那众多光芒中折射闪烁的一幅幅刻面。这样的钻石，不是将我们常说的一眼亮美人和耐看型美人的优势集于一身吗？

因此，你也需要一个刻面一个刻面地发掘自己，并悉心对每一个刻面进行精致有效地打磨。永远不要停下对自己多重刻面的发掘，也许你的最优势还一直潜伏着在等你采撷。最优势、次优势、亚优势，都是优势。在不同的相对时境中，会产生相对的运动变化。以瘦为美会大行其道多少年呢？为什么白色人种间流行起小麦肤色？开发及认识到自己多层次的、丰富的优势，对美的修炼举重若轻。

《吕氏春秋》里说孔子之劲，能举国门之关，而不肯以力闻。就是说孔子的力气很大，能举起城门上的门闩，但他却不想以力大而出名。另有《淮南子》也来附议佐证，说孔子之通，智过于苌弘，勇服于孟贲。存于人们心中的孔子，一定是温良恭俭让、文秀礼仪的代表。但实际上，他既是温良恭俭让的，又是力大无比的。后资本时代引出的消费主义,让我们都染上了标签化解读的恶习。消费主义的错误,在于你购买了什么产品,就和你是什么人画上了等号。这是21世纪最大的忽悠。跟王室用同样品牌的日用品,你就是王室了吗?与明星穿同款的服装、鞋履,你就是明星了吗?你要去拜名流拜过的菩萨,要去专家肯定过的餐厅,可你还是你,不会因为你拿着别人的生活装点自己,就变成那个别人。如果你还执迷不悟,继续做着消费可以定义人群的梦,只会变得越来越不是你。要知道,美人绝不这么对待自己。

美人对自己的美是有认识的。他相信财富、尊贵、优雅的定义来自于自己,而不是别人、别处,或更高的什么人。

中国人常说天资。美貌是天资,身形是天资,言谈举止是天资。资,本义就是资财。你天生的美貌,就是天生的资财。但凡美上一分,就等于资财多入一匣。美貌是资财，身形是资财，如果你善于挖掘和发展你自身本来美的多重刻面，那你将会富可敌国。

蛋面的变奏

中国的传统玉石，少有刻面。不管是翡翠还是白玉，一般都磨成淳朴平滑的蛋面。莫非我们在讨论究竟哪种打磨方式更优吗？其实不然。对于珠玉宝石，我们遵循的不同打磨方式，是由宝石本身的品性和质地决定的。想象一下，一块白玉，经八心八箭的完美切割后，被爪镶嵌进铂金PT950的戒托中，你能觉得它很美吗？再想一想，一颗钻石原石被磨成圆润光滑的蛋面，包镶到18K玫瑰金的戒托中，这与你期待的闪亮又产生了多么遥远的距离？

你对钻石白玉的期待迥然相异，因为它们的质料本就截然不同。人也一样。如果我们对自己的本来优势没有认识，那么也会产生不切实际的期待，然后难免以失望收场。

我们终此一生，就是要摆脱他人的期待，找到真正的自己。（《无声告白》）

这句话只说到了一个层面的期待，即所谓他人的期待。但是我们常常自以为是的，源于自己的期待，实际上却来自他人的期待，是我们轻看强大的自己，而高看假装强大的他人后，被浸染的错误标准。上天给每个人的优势千差万别，我们应该从蛋面到刻面的晋级中获得相应的启示。如果你的根性如白玉般淳厚质朴，瑕瑜互掩，那么以纯澈大方的展示为好；但如果你的优势在当下的时境里难被赏识，那肯定应利用刻面的多样性折射聚光。正如当前大数据时代下，人们依赖多重共线性的数据分析，在日常消费中，我们也倾向于多种服务叠加的便利快感。作为受众，人类也已经从一种类同的口味，推演成万花筒式的斑斓需求。那么我们对美的认知，是否也该从多重视角再次开拓，再谱一曲全是不谐和音构成的变奏？

提到威士忌，你肯定即刻想到苏格兰。但你知道吗？世界范围内，威士忌的自产内销量最大的国家，是印度。还有2015年，英国的"whisky magazine"将来自日本的山崎单一麦芽雪莉酒桶评为世界上最好的威士忌。

苏格兰是威士忌的发祥地，可以说，有苏格兰才有威士忌。从发酵原料，到水源、橡木桶，苏格兰人严格把控从蒸馏到发酵的每一个步骤，有一个细节偏出其味，就不称其为"苏格兰威士忌"。也许印度人的异军突起，不是多么令人瞠目结舌的异象，毕竟它有过一段广为人知的英属东印度公司的历史，所以，这片雅利安秘土上出现任何英国方式，都是可以理解的。尽管印度人已在日常中离不开威士忌，但他们常常喝的却并不是传统意义上正宗的威士忌。在制作工艺上，印度人并不遵循老大哥的严谨，用谷物来发酵，在他们的认识中是极其浪费的行为。印度人选择了本国盛产的甘蔗作为发酵原料，除了几家特定的酒厂遵守单一麦芽酒的酿造标准，其余的印度产威士忌，只能在本国被称作威士忌，出口时要被标注为烈酒饮品或烈性饮料。

日本绝对是威士忌行业里横出一杠的存在。这个如初樱般淳朴的东方古国，竟用别人的标准，打败了别人。

日本人根性爱礼。一般情况下，他们比大多数其他民族的人更愿意在人生中循规蹈矩。虽有着初樱的怯羞，但日本人并不畏缩于对审美官能的不断探索。明治维新以来，他们一直在与西方文化进行日本化的协调和磨合。在传统中可以契合的，便直接拿来服务于传统；在传统中没有的，便以需求为出发点来考量是否需要借鉴和学习。威士忌，就是根据本国的饮酒需求而借鉴生发出的全新产物。这让我想起清末张之洞所提的洋务要义，"中学为体，西学为用"。尤其在当前信息化与数据化的激流勇进中，"樱桃花发旧枝柯"之美，定是绝艳震撼的诗意吟咏。

交响乐中，有协奏，有变奏。不论协同，还是变体，看似越走越远，实际是风筝拉线，不离其宗。上本书中，我和大家言说了各番花品，这回就让我们把线放长些，让目力伸展到更深广处，由着初心漫溢的新奇，探索品尝味美的边界。

谁的度量衡？

我们为什么要发现这些刻面呢？你的自身价值，被当下认为是亚优势的，也许正是目前时代中的最优势；而你自身价值中最优势的，也可能恰好在时代中被认为一钱不值。这一切，都是由度量衡决定的。

何为度量衡？度为量长短的标准，量为计体积的标准，衡为计轻重的标准。度量衡是指衡量的标准。《尚书·舜典》中说："协时月正日，同律度量衡。"

秦代始皇帝嬴政最重要的功绩之一，就是书同文，车同轨，统一了度量衡。但美的度量衡，要获得全面的统一，是十分艰巨和繁复的，几乎不可能的。我们说一个人美，是包含多种层次和多个方面的。度量衡的标准也是运动的，不仅于时间上有推进演变，在空间中也有比较对立的动态活动。比如，180斤在重量上要大于170斤，但高度呢？180斤可能在高度上是一米八，而170斤却对应着一米九的高度。还有深度，比如你对文学有研究，我对音乐有体会。再比如色度，她是白的，你是黄的；还有浓度、广度等等。到底有多少计量方面和计量手段，可以核算一个人天赋的多面价值呢？

欧美人痴迷于吸血鬼题材的故事，拍摄了很多吸血鬼系列的电影电视。这些剧作传到中国，引起的是一种新潮倾向。而吸血鬼之于白人，实质与我们和《白蛇传》《西游记》，尤其《聊斋志异》的关系类同。就像在《聊斋》中恋上书生的聂小倩，不是惨恶陋鄙的化身，而是忠贞为爱奉献的典范。西方人看吸血鬼，就像我们看聂小倩，是同一种关系在相对时空中的置换。因为对象的错位，导致结果的第二重性。我们传统文化中的养料绝非太少，而是太多。物以稀为贵，我们就是因为文化资源过多，远不如西人由贫乏带来的珍视。敝帚且自珍，况乎珍珠？

有话说，不能说凡是合理的都是美的，但凡是美的确实都是合理的。

奥斯曼帝国历史上赫赫有名的许蕾姆苏丹，起点是被当作礼物送给皇帝的女奴洛克塞拉娜。洛克塞拉娜凭借她的美丽与智慧，不仅成为了奥斯曼帝国的许蕾姆皇后，还极深地影响了帝国的历史和命运。

被称为"吸血鬼夫人"的李·克斯特伯爵夫人，以其血腥的保养方式，闻名于世。她用少女的鲜血沐浴，相信浸泡在纯洁的血液中，能吸取青春精华，让她永葆年轻。除了沐浴，她还会饮用大量鲜血来"内洗"。因为相信少女的尸骨可以召唤青春之气，她将所有的尸体都掩埋在自己的浴缸下面。

马背上的高迪瓦（Godiva）夫人，是一个中世纪流传的美丽故事的女主角。这位美丽的伯爵夫人，为了劝阻丈夫收回增加的税赋，便仅以长发蔽体，在夜间赤身裸体地骑行于城中。考文垂的百姓们全都恪守家中，无一人出来偷望。高迪瓦夫人证明了百姓的良善，伯爵便撤回了征税的命令。这也是高迪瓦巧克力品牌的来源。

美的价值是多面的，伸展美的路径也就繁多而浩瀚。在伯爵夫人的故事中，邪恶成了美艳的助推器；

洛克塞拉娜的阶层逆转，成就了她的美丽传说；而高迪瓦夫人，则很好地运用了道德的旗帜，在历史中留下惊鸿一瞥。

这些历史中的美人，究竟有多美，我们已无从考证。但她们所留下的美丽传奇，使后人永远会把她们往自己认定的美丽中装载。这就是审美超越时间的胜利。

伍迪·艾伦有一首歌，叫《倒序人生》：

下辈子，我想倒着活一回。

第一步就是死亡，然后把它抛在脑后。

在敬老院睁开眼，

一天比一天感觉更好，

直到因为太健康被踢出去。

领上养老金，然后开始工作，

第一天就得到一块金表，还有庆祝派对，

40年后，够年轻了，可以去享受退休生活了。

狂欢，喝酒，恣情纵欲，

然后准备好可以上高中了。

接着上小学，

然后变成了个孩子，无忧无虑地玩耍，

肩上没有任何责任，

不久，成了婴儿，直到出生。

人生最后九个月，在奢华的水疗池里漂着，

那里有中央供暖，客房服务随叫随到，

住的地方一天比一天大，然后，哈！

我在高潮中结束了一生！

因为度量衡的差异，每个人衡量的标准不尽相同。越来越多的差异化，实际上是经历粗放式经济后，经济得到发展的有力证明。尤其是年轻人。从20世纪80年代开始，他们的成长背景中，没有短缺、不足、强行忍耐的社会压力,所以有较之前几代人更健全的细密情感。

说起伍迪·艾伦,很多人知道他是因为他的电影,而我却是被他特殊的情史吸引的。人们对他厚颜无耻的诟病,在我看来,是他全部履历中唯一闪光的一笔。倒序人生,是一种思路,一种逆向思维的思路。这个时代,我们对财富、人生、美丽的谈论已多不胜举,难以计数。但一件事情说得多了,人的大脑就会懒惰,就会主动觉得这个信息无须处理。

某某是有钱人吗?按现行的社会标准,大家都会说是。但你要问一位美人呢?她觉得某某连跟她吃饭的资格都没有,这样的人谈什么有钱,整个就是负资产。为什么?因为他长得太难看。天赋的财富,通过后天的修补到底可以完善吗?对美人来说,无须有个团队,也不必配个上市公司,仅她一人,财力便可轻松超越某某。为什么呢?因为她是美人啊!

美人,意味着她有决定战争、决定国家命运、决定艺术思想的资本。这样的资本,是某某的商业帝国可以比拟的吗?别看她两手空空,睡眼惺忪,口里还嚼着泡泡糖这副玩世不恭的样子。她的手指伸一下,就可能改变接下来百年的气象。这不是浪漫主义的杜撰,是浪漫主义的事实。

贫女如花只镜知。也有人一生平平,却始终幸福。这需要你对自己的美有认知,同时需要你对自己的处境有辨识。人生的起点各不相同,于是构筑美丽的手段就有极大差异。伯爵夫人是贵族,就有贵族富贵的起点,所以能支持她嗜血的保养;但许蕾姆的起点只是一介女奴,如果没有命运之神的介入,她怎么可能获得伯爵夫人的舞台?所以,那些幸福的美人,从小就懂得一个窝头掰着吃。她的富足虽只有一个窝头,但因为精明诚实的计算,分配到人生的每一天,结果计算出整个人生的幸福。

那么,一夜灿烂就真的那么糟糕吗?将一个窝头一次吃光，这样的人生就不对了吗？既不对，又可以对。只要你认了挥霍，认了一夜灿烂之后的疾苦，甘愿经受接下来的穷苦，那你的灿烂一夜就真的十分灿烂。你的人生一样很美，一样幸福。

满天星光

有一座花园将我照亮，

你们是花散发出清香。

你们的语言就是花粉，

照到别人的心上，

叫醒那睡着的种子。

花开了，眼睛就发光。

你们就是那花园，

满天星月在心中歌唱。

社会在发展中，时尚会转移，生活目标会变化，这些都可能推进你原先本来美的不同面。有很多人发现自己是一个很白的姑娘，其实是在某一次的选美活动，或是一场聚会带出来的。20世纪90年代以前，粗放的社会环境下，人们就是想吃饱。吃饱了就想发财，买车买房。而现在不同了，人们开始追求品质、趣味的个性化和异质化、复杂化。社会方向已然发生了变化。你开再好的车，有再大的财富，挣再多的钱，都还是一个贫穷的人。

价值在今天到底该如何整合，又如何实现？这几年，有一个词汇的出镜率很高，叫作"跨界"。这个概念首先在互联网产业的发展中被提及，接下来迅速蔓延到金融、教育和艺术行业。视觉工作者，开始将视觉延伸到声音艺术的舞台；医疗行业，也开始借助多媒介的手段进行诊断和治疗；说些最直白的例子，比如模特开始拍电影了，歌手卖起了画，等等。跨界，显然与转行不同。一只脚跨出去，还有另一只脚在原来的阵地。人的肉身存在，只有两只脚。但立足于人生的脚，却可以无止境地叠加。跨界，使我们的社会身份获得了解放。导演，诗人，画家，珠宝鉴定师，企业家，明星，舞者，这些身份都可以汇集到一个人身上。

跨界的本质，实际就是融合，整合。在一个整体上，呈现纷繁夺目的多个刻面。越跨界，越发现无界。这种感受类似于我之所知为无知，就是我知道得越多，越发现自己的无知；我跨界跨得越多，越明白原来无界。人是由许多复杂且精密的部分合成的一个整体，如果我们在人生中长期处于对某一方面的过度攫取和表现，不能不说有提前折损的风险。过犹不及。

前几年，曝光过一个颇有微词的维密模特臀部事件。据说，广告方因嫌弃模特臀部过大，在平面成片中P掉了其一半的屁股。的确，这不是多么骇人听闻的消息。或者,你在浏览许多动态或静止的广告时,已经对宣传方会使用的一切无耻包装手段有了戒备,但他们最后传递出来的,那种虚妄的假完美审美倾向,还是让你产生了自惭形秽的失落。信息时代的过度包装,尽管已经不是什么秘密,但大众的心理仍会跳进预设好的消费圈套。这些信息和广告,即使不对你形成正面的美的压力,但总会让你觉得你自己不够美——眼睛不够深邃,脖颈不够修长,腰部不够纤细——这些过度包装后的虚浮审美,很容易就熄灭你本来美的火焰。

当然,我们决不能靠躲避外部的信息来逃避问题,而是应该据此重新梳理思维,改善我们对多元审美长久以来的粗浅理解。白种人的,黄种人的,古典主义的,当代解构的,这些已经固化的多元化审美,实质上还是单调粗陋的一元化审美。美,仅一字。字即是词,词亦可成句。我说你美,一句话虽然只有一个字,但其意味和解读是丰满且运动的。烂是美,荒也能是美,甚至丑又何尝不是美？但是，丑又是丑，荒就是荒，烂有时也只好是烂。不论你的起点在哪一处，通过你对自己的融汇调整，都有达到至美的可能。

《论语·子罕》里有这么一段："太宰问于子贡曰：'夫子圣者与？何其多能也？'子贡曰：'固天纵之将圣，又多能也。'子闻之，曰：'太宰知我乎？吾少也贱，故多能鄙事。君子多乎哉？不多也。'"

太宰问子贡："夫子是圣人吗？为什么他有这么多本事？"子贡说："是天要让他成圣人，所以本事大。"孔子听后，就说："太宰知道我吗？我少时贫贱，所以才有那么多本事。君子需要那么多本事吗？不用这么多的。"

太宰所言孔子的本事多，是指其除了礼乐诗书，还精通吹拉弹唱，让人觉得不可思议。孔子对自己的美，就很有认识和把握。他会的技艺很多，所通的学识也广，既是力气大的，又是温文尔雅的。他的每一次登场，每一句语言，都是他众多刻面精良整合后的结果。

玛丽莲·梦露说过："我自私、没有耐心、缺乏安全感。我会做错事、发脾气，有时还很难缠，但如果你不能包容我最差的一面，那么你也不配拥有我最好的一面。"

当你可以明确地掌控和了解自己的缺点时，实际上，你又获得了一个至为关键的优点。正如运动的度量衡一样，优点缺点也会随着环境、对象的转变而发生运动变化。但不管怎样，对自我缺点抢先一步的坦率，已经高于许多对自己不足毫无头绪并视若无睹的人了。单纯的力量是强大的，哪怕执拗、泼辣、固执，只要出于单纯，就总能获得谅解和宽恕。

有时候，留白成美；有时候，纷繁成美。文学、艺术、珠宝、自然，都给我们提供了充裕而又富饶的路径和启示。正像我在《美的人》中所说，做一名花的学生吧！梅兰竹菊，君子佳人；花之师，也许真的是忙碌人生中最幽秘最直接的老师了。

第二章
人生艺术

上一章节，我们从质料的分类、差异、变化、互补等不同方面，浅谈了质料的品级。这章将重点突出质料的发展、变化与升华，是对前一章节的升级进阶，合起来以说明"滋味"的含义。

刻面代表着等级的多样性。从会六样事情所呈现的刻面，到会六十样事情的刻面，甚至六千样事情的刻面，是一个纵向扩展、升级的过程。12岁的你，会唱歌、跑步、游泳，有三个能力；而24岁的你，会法语，打羽毛球，懂品酒，还能很好地唱歌。除了更多新的能力，你还获得了原有能力的上升。前章说，不管你在哪一岁，哪种社会环境或人生阶段中，都有可能有很多刻面，而你需要做的，是发现这些刻面。那么，发现这些刻面后，又该做什么呢？答案显然是伸展。所以，接下来的内容，就将讨论一下，发现这些刻面后，如何升级进阶。你可能已经有六十个刻面，还无止境地将会有六百个刻面，这就是人生的升级。

《诗学》是亚里士多德谈论美学的一部著作。书中说，悲剧是震撼、净化和升华。显然，亚里士多德是从一个具体出发来谈这个问题的。你在剧场看了一场戏，被戏中所呈现的表演震撼，这种震撼牵动了你的一种情感，让你此刻在剧场里得到净化与升华。

情感可以升华，那人生中什么东西不能升华呢？通过亚里士多德的观点，我们看到了升华的存在和升华的需要。所谓人生进阶，其实就是不同层面、不同具体的升华。升华不一定要通过悲剧，有万千条路径和方法，都可以领我们走向升华。戏已散场，曲终弦止，但净化和升华后的璀璨，却会一直留存。

1863年，波德莱尔写过一篇《现代生活的画家》，前瞻性地预见了现代生活方式将对艺术产生的影响。这篇文章，成为波德莱尔最具代表性的艺术评论，并奠定开启了"现代性"思潮。波德莱尔提醒艺术家们要开始对现代生活的日常多加关注，这在当时还是很新的观念。彼时西方的主流艺术，仍未离开古典主义的审美原则，而波德莱尔却发现了古老艺术标准与人们进入现代生活后产生的经验间的冲突。他在文中写道："现代性就是过渡、短暂、偶然，就是艺术的一半，而另一半是永恒和不变。"他说，艺术的革新即将到来，这将是一场对于什么是美的新讨论，将产生出新的理性、新的理论及新的历史。

这些观点，在几百年后的我们听起来，几近沦为陈词滥调。艺术以其迅疾的时速，从现代艺术进阶到当代艺术，终于把整体肢解为碎片，又将碎片再次分解为碎碎片。如今，很自然地，又再回到重新从碎片中探究整体的路径。

眼下，当代艺术中，有一种最前沿的门类艺术，叫"人生艺术"，即以人的一生为作品。从出生，成长，到死亡，你的全部人生，跌宕沉浮，喜怒爱憎，都是整个艺术作品的组成部分。任何地点，每一分秒，你的所思，所感，所言，所动，都是一部全息艺术作品的节段分章。人生艺术，是当代艺术中极前卫又极冒险的一种。它对割离开的时间艺术与空间艺术进行了毫无缝隙地整合，集视觉、听觉、语言、肢体等各门类表现形式于一身。人的一生，要经过的时间很长，要经历的事情也很多。人生，绝不是一场两个小时的电影，或四个小时的音乐会能尽悉呈现的。不管是56集长篇电视剧，还是560集鸿篇巨制电视剧，都只能传递出某几种情感，或敷陈某几种遭遇。虽然我们不都是艺术从业者，但"人生艺术"对艺术行业的解放，不得不说给了我们相当有价值的启示。当你以人生艺术的思维角度，重新观察一遍自己的过去、现在，实际上就获得了一次重新梳理人生价值的绝妙机会。也许正是曾经的某样失去，成就了你今天耀眼的得到；而往昔那短暂的得到，却带来了人生永远的错失。当你把自己切换成艺术家的角色，并用完成艺术作品的方式来面对人生时，你一定会找到许多曾经错过的美。

　　说个极端点的例子。1997年8月31日，36岁的英国威尔士王妃戴安娜，在巴黎因车祸离世。尽管这不是她出于主动的意识，但以人生艺术的视角观察，这就是一部成功的人生艺术作品。残酷的是，这部作品成功的关键，在于死亡，在于英年早逝。戴安娜死后，人们开始尊称她为香消玉殒的英伦玫瑰，并自觉地在情感和伦理中走向她的立场。尽管她并非出于自觉来完成人生艺术的作品，但是却被动地达到了人生艺术的结果，感染了整个世界。过早地离开，反而让人们更记得她，甚至自觉地只留取她短暂人生中最美丽的片刻。人们已无须尽知她的出身、成长与历史，只消记得她的优雅、美丽与亲善。除却她自身的美好，与命运的传奇，即使你正看着一张她失败的照片，或是想起那些对她不怀好意的恶语，也无法阻止意识中审美部分的自行涤洗，将她净化为那朵令人悲叹的英伦玫瑰。这就是审美给人带来的最直接的净化与升华。

泥土与血气之身

人生是什么？最普遍的定义，是人从出生至死亡所经历的过程。《国语辞典》解释为人的一生，人活在世上。另有一种释义，说人生是指人的生存与生活。

我是谁？从哪里来？要到哪儿去？这三个简单问题，已纠缠人类哲学千年有余。直至今日，都没能获得一个可让全世界达到普遍共识的答案。如果说，人生就是人的一生，那支撑这一生的基础，就是生命。生命到底从何而来呢？关于人的来源，不同的人种、文化、宗教都有其自成体系的解释。对我们来说，最熟悉的有三种，即进化说、创世说和女娲抟土造人说。

进化论（the theory of evolution），又称演化论，最先由英国人查尔斯·达尔文提出，在其所著《物种起源》中，进行了系统阐述，是当代生物学的核心思想之一。"evolution"（进化，演变）一词来自于拉丁语"evolutio"，意为展开或把卷松开。进化论认为，现存的各种生物都源于共同的祖先，在进化过程中，通过变异、遗传和自然选择，从简单到复杂、从低级到高级、从少数类型到多数类型逐渐变化发展。人类是动物进化的产物，经历了由猿到人的进化过程。

进化论产生的时期，是在文艺复兴及思想启蒙之后，正逢现代科学的理性思维初步建立之节点。以进化论的线索，人类是战胜自己，克服困难环境，造就舒适文明的进化路线。按此路线，人类由类人猿进化成人，并且在与自然的搏斗中，渐渐进步而战胜了自然。我们发现了火，并开始利用火；我们从曾经只能被水所淹，到如今可以控制水能。人类通过研究自然之力，与自然之力搏斗，发明了电灯、马达、汽车、蒸汽机、火车等等。通过人类自身的努力，人创造了文明，极大地改善了自己的生存处境。

创世说，源于《圣经·旧约》第一章《创世纪》。我们现在提到的《圣经》，其实是《新旧约全书》，即包括《旧约》和《新约》两个部分。《旧约》是从犹太教传承下来的，《新约》是人子耶稣降临后与人类新立的约。尽管犹太教与基督教信奉的是同一个上帝，但他们所守的约却不同。犹太教徒只守旧约，而基督教徒的圣经则包括新约。

在《圣经·旧约》的开篇第一卷《创世纪》里，第一句话就是"起初，上帝创造天地"。然后，上帝用七天创造了这个世界：第一天有光；第二天有空气和水；第三天分出地与海，并让地里有草并结果实；第四天有了众星及太阳和月亮分管昼夜；第五天，创造出鱼与鸟；第六天，地上有了牲畜、昆虫、野兽，上帝按自己的样子造出人，并让人生息繁衍，来管理鱼、鸟和地上的一切活物。第七天，上帝造物的工已经完毕，便歇了他一切创造的工，安息了。

耶和华上帝用地上的尘土造人，将生气吹进他鼻孔，他就成了有灵的活人，名叫亚当。上帝在东方的伊甸立了一个园子，把所造的人安置在那里，使各样的树从地里长出来，既悦人眼目，其上的果子也好作食物。园子当中有生命树和分别善恶的树。上帝将亚当安置在伊甸园，使他修理看守，吩咐他说："园中各样树上的果子，你可以随意吃，只是分别善恶树上的果子，你不可吃，因为你吃的日子必定死。"

耶和华上帝觉得亚当独居不好，就用亚当身上所取的肋骨造成一个女人，领她到亚当跟前。亚当说："这是我骨中的骨，肉中的肉，可以称她为女人，因为她是从男人身上取出来的。"因此，人要离开父母，与妻子联合，二人成为一体。当时夫妻二人赤身露体并不羞耻。

"树上的果子给我，我就吃了。"女人说。

耶和华上帝对女人说："你做的是什么事呢？"

女人说："那蛇引诱我，我就吃了。"

上帝对蛇说："你既做了这事，就必受咒诅，比一切的牲畜野兽更甚；你必用肚子行走，终身吃土。我又要叫你和女人彼此为仇；你的后裔和女人的后裔也彼此为仇。女人的后裔要伤你的头；你要伤他的脚跟。"又对女人说，"我必多多加增你怀胎的苦楚，你生产儿女必多受苦楚。你必恋慕你丈夫，你丈夫必管辖你。"又对亚当说："你既听从妻子的话，吃了我所吩咐你不可吃的那树上的果子，地必为你的缘故受咒诅。你必终身劳苦，才能从地里得吃的。地必给你长出荆棘和蒺藜来，你也要吃田间的菜蔬。你必汗流满面才得糊口，直到你归了土；因为你是从土而出的。你本是尘土，仍要归于尘土。"

这就是伊甸园的故事：人是由上帝用地上的尘土而造，因为犯了罪，所以要劳作。劳作，是人类既定的宿命，是为了偿还人祖在伊甸园犯下的罪。

《大明会典·祭天》："神皇出御兮，始判浊情；

立天立地人兮,群物生生。"

文献古籍《史籀篇》《楚辞》《礼记》《山海经》《淮南子》和秦汉以来的《汉书》《风俗通义》《帝王世纪》《独异志》《路史》《绎史》《史记》等史料都有关于女娲的记载。根据传说,女娲是华夏族的母亲,她用土照着自己的样子造出了人,并创造了人类社会。据说,她神通广大化生万物,每天至少能创造出七十样东西。许多地方,都流传着女娲正月初一造鸡,初二造狗,初三造猪,初四造羊,初五造牛,初六造马,初七才造人的传说。还有说女娲的肉体成了地,骨头成了山,头发化为草木,血液汇成河流,如创世的盘古一样。

古人认为鸡、狗、猪、羊代表春夏秋冬四季;而牛、马代表地和天。班固《汉书·律历志·上》中说:"七者,天地四时,人之始也。"这就是把正月初七叫作"人日"的来源之一。汉代许慎的《说文》

中有言:"娲,古之神圣女,化育万物者也。"就是说,女娲不但炼石补天,抟土造人,还创造了世间万物。

看起来,中国传统的女娲造人说,与基督教的创世说有许多呼应类同之处。这两种说法,皆指向人是由土而造的血气之身。

《圣经》中,常用"有血气的"来描述人;在抟土造人的中国叙述中,成人是获得血气也获得杂质、病衰的过程。你是土造的,就肯定是脏的。不用土造你,你连生命都没有,你的血气都是从土而来。

人由土生,亦食土中所生五谷。老话说,食五谷,哪有不生病的?这就是说,你的身体里,泥土与血气共生,血气与杂质同存。道家有一种观点认为,只要你能想办法不食五谷而活,你的身体就可以获得洁净。但实际上,我们是做不到的。即算你可以做到永远不吃地上结出的果实，你也显然无法摆脱你由土地而来的宿命根源。所以，但凡人食五谷，身上就有血气，既是气血之身，就会染脏。一以生存，二以毒化，生存与毒化平行交互，支撑人的气血身形。所以，你的成长与病衰是一起进行的。

无论以上哪一说，实际都围绕一个中心，即人作为生命的存在，首先都在解决生存问题。生存，简单来讲，就是衣食住行四个方面。生存的基本问题，就是要解决衣食住行。人的最初质料，或者说基点，第一层面的成功，就是解决生存，解决衣食住行。衣食住行是困惑生命又给予我们生命的基本点，离开这个困惑，其实也就离开了生命。

许多人的人生常会受困于生存问题，并长久地陷入解决衣食住行的处境。年幼时，来自家庭对人的最初引导，就是日常穿戴，起居饮食。成人后，来自社会的第一劝诫，就是要解决个人的生存问题。人生苦短。就算有百年时光,于浩渺天地,也不过瞬息。不论短长,你愿意过这番只充斥着衣食住行,解决基本生存的人生吗?生存,实在只是人生的第一阶段。

人的格位

如果说生存问题是属于生命的自然基本状态,那么解决了自然属性的生命存在问题后,人就要开始进入社会,解决社会中的存在问题。所以,人生的第二层次,是人格。

什么是人格?词典解释为个人显著的性格、特征、态度或习惯的有机结合,或者指人的道德品质。《国语辞典》释为人的品格。现代社会,"人格"还有专业的心理学、法律意义上的释义。

国有国格,人有人格。我所说的人格,是人在社会生活中的格位、面貌。社会塑造人格,人格是社会对人的定义,是人在社会存在中的外在表象。

李渔的《无声戏》,有这样一段:

> 菩萨道:"我对你说,凡人'妻财子禄'四个字,是前生分定的。只除非高僧转世,星宿现形,方才能够四美俱备,其余的凡胎俗骨,有了几桩,定少几桩,哪里能够十全?你当初降生之前,只因贪嗔病重,讨了'妻财'二字竟走,不曾提起'子禄'来。那生灵簿上不曾注得,所以今生没有。我也再三替你挽回,怎奈上帝说你利心太重,刻薄穷民,虽有二十年好善之功,还准折不得四十载贪刻之罪,哪里求得子来?后嗣是没有的,不要哄你。"

李渔论"妻财子禄",认为凡人皆不可俱得。除非前世积德，或高僧转世，才有俱全之命。按此细数古往，即使纵横千古的英雄伟人，也难寻到妻财子禄俱全的完善人生。如有些人做了皇帝，仅占了"禄"之一项。虽然他曾有妻有子，但他们后来都在征战与宫斗中牺牲了。他因此所得的痛苦，反倒要更甚于那些未尝有过子妻的。也有些豪杰，拼打一生，看起来未得江山，或许还幸运些，竟也全了"妻财子"三项。

所谓妻财子禄，显现出人们在社会中的追求，以社会标准来确立人格。妻财子禄都能俱全吗？有的人得甲乙，无丙丁；有的人得丙丁，无甲乙。得此失彼，留彼又丢此。假使你只能得一样，剩下的得不到怎么办？得不到，就产生了失败感。

当今社会有一种成功论，论的就是人格的成功，显然这高于生存的成功。时下的所谓精英，商贾，名流，论的都是人格的成功，即妻财子禄的成功。人格怎么塑造呢？他们的成功论究竟是怎样的呢？概括起来，有三条线索。第一，在家庭中的位置，如，你是好父亲吗，是不是好妻子？第二，在体制中的位置，比如你荣升了吗？有博士文凭吗？第三，在江湖中的位置，你有哥们儿吗？兄弟有难时会挺身而出吗？

只要在这三个位置中获得了人格，人生就被算作是成功的。这三条线路或单行，或并行，或交叉。有的人三条路都想占着了，有的人只谋其中一个，都是为了完成社会标准下的"生活"。这就是他们的"生活概念"。歌颂生活，歌颂生活的美好，其实质指向的是人格。生活的概念就是社会的，而社会就是由家庭、体制和江湖这三个方面构成的。所以，在社会中的生命就是生活。

既然如此，我们就不得不陷入生命与生活的冲突。生活将你绑架了，但是你又是有生命的。生命与生活虽是不同的，但又是相互依存的。显然我们真的处在这个矛盾中，也的确躲避不开这个矛盾。如果你决意摆脱生活，这些社会人格你全都不要，就可以获得纯生命吗？或者你可以只要这三个人格，却丢弃生命的存在吗？显然，这些都行不通。所以，生命与生活是矛盾对立、又统一的。那么，我们究竟该怎样在既定的生命路线中，让自己活得好些呢？

范文正曾有词云："人世都无百岁。少痴騃、老成尪悴。只有中间，些子少年，忍把浮名牵系？"大意是说，人生都无百年，少时癫狂无知，老了又瘦弱憔悴。只有中间，不多的那些年，又怎么忍心用它们去追逐名利？

英国作家朱利安·巴恩斯说："年少时以为的美好的爱情、稳定的工作、幸福的家庭都是理所当然的，后来我发现他们一件比一件难。我们的躯体在长大，内心却在萎缩。时间先安顿我们，继而再迷惑我们，我们以为自己是在慢慢成熟，而其实，我们只是安然无恙而已。我们以为自己很有担当，其实我们十分懦弱。我们所谓的务实，充其量不过是逃避现实，绝非直面以对。"

追求生活人格的那三个方面，会使我们不自知地走向虐待生命。你完善了三重人格的位置，但你的牙齿已经咬不动肉筋，只能喝粥吃豆腐；你成为了一个绝佳的领导，却付出了惨重的健康代价。在追逐人格位置的艰辛中，你忘记了花的模样已经好久，看不到近在眼前的美景；你喝不出酒香，尝不出滋味，因过分地支出生命而走向异化，最终堕为行尸走肉。

其实生活与生命，是我们本质上的困惑。所以，这个只朝着人格建设而去的成功论，必然是荒谬离谱的。不要因为追求生活而忽视生命，虐待生命。我们的先人，早就发现了生活与生命的矛盾心理，这并不只是今日的难题，而是一种千古困惑。

老子在《道德经》里说："小隐于野，中隐于市，大隐于朝。"小者隐于野，独善其身；中者隐于市，全家保族；大者隐于朝，全家全社会。

人面对世界，无外乎顺世、遁世、逆世这三种态度。小隐者为遁，靠避开世界，另辟天地，来保护完善自己，所谓独善其身；大隐者身居朝市，却能够自获宁静，宠辱不惊，于是无所谓僻野净土，正是心远地自偏。离又离不开，叫小隐；既已离不开便索性回来，是大隐。释迦牟尼早就告诉我们，红尘皆空。别说你在家庭的位置，体制的位置，还是江湖的位置，位置即空。色是空，空也是色，空空如也。我们的前人在面对社会人格困境时，宁当隐士，也不甘支付生命的成本，换取空上加空的人格位置。

从生存走向人格，看起来的确有从自然过渡到社会的进步，但以此作为人生成功的终点，只能是虚妄的虚妄，还不如追求自然存在所收获的实在。有趣的是，这种虚妄的人格成功论，仅仅只在老一代的旧人中蔓延，到了80后、90后和00后面前,就成了笑话。孩子们天然就觉得荒唐,不愿意接受。自80后开始,年轻的新一代,依仗其纯澈的生命动力,已自发地追求着更高一层的东西。那么,他们追求什么?

珠玉的光华

在人格之外更有人品。

何谓人品?人品不是道德概念,也不可以江湖绑架,而是如《美的人》中说的花品之品,是质地在升华中的多时空积累以及展现。

品的本义是众多。口代表人,三代表多数,三口意即众多的人。《说文》中解品,谓众庶也。既然三口为品,而其中两口在下,一口在上,所以品有等级、标准之义。《美的人》整本都在话品。品,就是品级。

小时候，你读书，练习书法，学画画。等你长大了，要学习打扮、化妆，与人交往，这是人生时间上的积累。你在广东要积累这些，到了北京又要开始积累那些，这种属于空间的积累。多时空的交互积累一起展现，就是人品。

成功，是品级的提升，是价值的积累、优化和兑现。

人品从衣食住行的人之基本点（生存需求）提升到妻财子禄的社会功名层面，最后终将上升到珠玉诗画的美丽境地。

珠宝行里，常有这样一句话，有两百万的人很多，但能拥有这块玉的人很少。珠宝美玉，无论在社会时境中的价格几何，它们本身的天赋价值是早就被确定，而又无法逾越的。一切事物都存在贬值的可能，但美在任何时候都是至贵。特洛伊战，只因美人海伦。万千杀戮，死亡，生命，也仅就兑换出美人的一个侧影。

当然,我们不是为了停留在这点,做美丑的计量,而是由此算出,天赋的财富价值在人世的价格兑现中,有着多么坚实巨大的当量。比如,你依仗你的漂亮,再去学习,去挣钱,那么你从后天学习有所获得之后,就能够轻松超越在某一点上已经获得成功的社会某富豪。一个漂亮的人,也挣富豪那么多钱,还读了爱因斯坦那么多书,那么富豪还能跟他比吗?

芥川龙之介说,人生还不如波德莱尔的一行诗。

木心先生又说,有时,人生真不如一行波德莱尔;有时,波德莱尔真不如一碗馄饨。

将诗意置于生存与生活之上,已经是后生存、后社会的价值取向。而由馄饨尝出诗意,继而体味到馄饨也是诗句,就是通过兴趣达到的品级提升。

从80后开始，既断了衣食住行的穷根，也毫无对人格位置的担忧，他们便开始真正关心起自己的兴趣，沉醉于自己的所好，不再过分在意外部世界的评判。于是，在旧人的眼里看来，他们始终有些不思进取。可是，究竟在经济发达之后，要进取什么呢？

饱暖思淫欲。淫，本义为多，过度，无节制。淫欲，不是只指性欲。淫欲，准确地讲，就是多出来的欲望。如果你没有多出来的欲望，只能说明你还处于解决暖饱问题的存在困境中。

所幸孩子们终于恢复了味觉，重获了听觉，无须再靠繁芜的文化标签来便宜买卖个人的价值。他们也许真的只知道吃喝玩乐，但从兴趣而发的吃喝玩乐，与为了解决生存的衣食住行，虽看起来略有相似，但实质上却千差万别。兴趣多么美啊，只有积累兴趣，才是真的对自己好。

我们常说，这人有趣。有趣就是有趣味。味，就是快乐；有味，就是有大大的快乐！

波德莱尔在《沉醉》中写道：

你醒来，醉意减消，去问询微风波涛、星辰禽鸟，那一切逃遁的，呻吟的，流转的，歌唱的，交谈的——现在是什么时刻。

它们会说，沉醉的时刻，快去沉醉于诗，沉醉于美，沉醉于酒。

诗很美，歌也很美，但他们都是美的产物，都是用来言说美的手段。你尽管大胆直言，裙子很美，钻石很美，高跟鞋很美！美是一种艺术，是所有艺术的尖顶。美是一种财富，是所有财富的浓缩。人类文明的艺术以及财富的总和，是需要用美来体现的。

生存之后，社会人格之后，人品的价值呼之欲出。

马克·吐温在回首自己的一生时说:"时光荏苒,生命短暂,别将时间浪费在争吵、道歉、伤心和责备上。用时间去爱吧,哪怕只有一瞬间,也不要辜负。"说世上只有一种英雄主义,就是在认清生活真相之后依然热爱生活的罗曼·罗兰,还说艺术是发扬生命的,死神所在的地方就没有艺术。

出生在苏联的美国犹太女歌手瑞吉娜·斯倍克特(Regina Spektor)有一首歌这样唱道:

我付出了很多,
却只得到一样东西,
就是他。
他冷酷,懦弱又古板,确实是这样。

但我和他在一起的时候,

总是很快就忘了这些东西。

他相貌平平,

也不像书中的英雄,

但这就是他了。

他还有其他女人,

他也一样喜欢她们。

但我还是爱着他,

我都不知道我为什么会这样,

他一点都不好啊,

他一点也不真实,

甚至还会对我动手。

但我能怎么做啊?

天哪,我就是如此爱他。

但他却从不知晓,

尽管我的生活已落入绝境,

我却毫不在意。

只要他能将我拥入怀中,

我就感觉世界被点亮了,就这样吧!

如果我早知道,

我走了之后也会卑微地回头,

那么当我说,我要离开的时候,

会不会有什么不同?

不管怎样,对他而已,

我是属于他的,

永远如此。

元好问的《摸鱼儿·雁丘词》有记:"乙丑岁赴试并州,道逢捕雁者云:'今旦获一雁,杀之矣。其脱网者悲鸣不能去,竟自投于地而死。'"于是有千古名句:"问世间,情为何物,直教生死相许?"大雁都如此,何况人呢?到底为什么爱情的相遇、艺术的相遇会让人愿意付出毕生而在所不惜?

因为快乐来自于此。

只有人品的成功,才是价值的兑现,才是快乐的实现。所以,快乐才是最大的财富。快乐,才是人生的成功。如果你感知不到快乐之味,或是疑惑,失语于青年人的快乐,千万警惕,这一切都是垂暮的警告。不要在对人格的追求中,变成out of happiness(出离幸福)的大叔大娘。时尚不是对流行杂志的追从,而是生发于兴趣的自然。趣味的多样拓展,在今天已成井喷。我们为什么要靠那些人格位置的贫困,来阻碍天赋性情中最大的财富呢?你应该追求绝色容颜,你应该保持身形健美。服装衣着,已从身份的标签,走向个体性情展现的延伸。代沟是存在的,代沟又是不存在的。在波德莱尔与80后之间没有代沟，在玛丽莲·曼森与90后之间没有代沟。只有在美与丑、快乐与不快乐之间，存在着代沟。这种代沟，是无论用多少人世的财富堆积，也无法填平的。

第三章
情趣探源

前两章，我们论述了"味"的第一个层面，滋味，味道，即质料性。接下来，我试图就进入"味"的第二个层面，趣味，情趣，即审美倾向的讨论。

首先要探究的，就是何为情趣，情趣究竟为何？

按语义，释情趣为性情、志趣，或是情意、趣味。把情趣两个字拆开来看，情是性情，趣是喜好，好像在说，情趣是随着我们的性情而生发出的喜好。如果情趣是发于性情的，那么又是什么决定了我们的性情呢？性情不是我们在出生时就被预设好的吗？

情趣之说，莫衷一是。因为情趣是属于个人的，人的喜好是一个秘密。那么，让我用一些篇幅，以个人的方式，来探究这个秘密和围绕着这个秘密的因素吧！

我们不如试着从以下多个角度来探寻一番究竟。

先看看古希腊医学之父希波克拉底的"体液学说"。这个学说将人分为四种不同的典型气质类型：多血质、粘液质、胆汁质和抑郁质。

多血质的人有朝气，热情，活泼，爱交际，有同情心，思维敏捷，容易接受新鲜事物，情绪情感容易产生也容易变化和消失，容易外露，体验不深刻，也容易出现变化无常，粗枝大叶，浮躁，缺乏一贯性，等等。

粘液质的人平静，善于克制忍让，生活有规律，不为无关事情分心，埋头苦干，有耐力，态度持重，不卑不亢，不爱空谈，严肃认真；但不够灵活，注意力不易转移，容易守旧，对事业缺乏热情。

胆汁质的人情感发生迅速、强烈、持久，动作的发生也是迅速、强烈、有力。这一类型的人都热情，直爽，精力旺盛，脾气急躁，心境变化剧烈，易动感情，情绪通常都很激烈，很外向。

抑郁质的人体验情绪的方式较少，情感产生也很慢，但他们对情感的体验深刻、有力而且持久。他们一般都有高度的情绪易感性。抑郁质的人小心谨慎，思考透彻，在困难面前容易优柔寡断，一般表现为行为孤僻、不合群、观察细致、非常敏感、表情腼腆、多愁善感以及行动迟缓。

不同的气质分类，决定了人的不同生理特征，进而影响人的情感体验方式，影响人的情趣选择。

中医以喜怒忧思悲恐惊来概括人的情志活动，称为七情。《素问·阴阳应象大论》说:"人有五脏化五气,以生喜怒悲忧恐。"人体是以五脏为中心的有机整体,故情志活动与五脏精气的关系最为密切,所谓肝在志为怒,心在志为喜,脾在志为思,肺在志为忧,肾在志为恐。按七情特性进行阴阳五行的划分配属,即"悲胜怒""恐胜喜""怒胜思""喜胜忧""思胜恐"。所以,肾气不足的人,容易受惊吓;肝不好的人,时常易怒;脑力劳动者,往往消化不佳。

木、火、土、金、水,是五行学说中界定的五个分类象征。五行学说被广泛用于中医、堪舆、命理、相术和占卜等。五行之间,相生相克,木火土金水,为相生递进;木土水火金,为相克递进。按五行命理,将生辰八字排出,便能计算出你的五行所属,命中所缺。有的人五行俱全,有的人缺一漏二。按不同的五行所属,可以大体绘出你的性情蓝图。

人种的差异，也会带来不同的根性差异和情趣方向。按传统的体质和肤色分类，主要分为黄种人，白种人和黑种人。当然，近代的人类学家们，迫于反人种歧视的压力，也进行了地理、血统等更细致的人种分类。按最粗暴的分法来说，黑种人性好动，骨骼强壮，所以大都善舞，很会跑步；而白种人性躁，急莽，纯粹，容易促狭，所以他们一般好斗，健谈。黄种人良善淳朴，但比其余两种人要更精明多谋。

从社会心理学的角度来看，不同的成长环境和家庭背景，也是造成性情差异的重要原因。例如单亲家庭的孩子，一般都缺乏安全感，会有不同程度的社交障碍；富裕家庭出来的人，就容易偏执，狂狷；而底层家庭的孩子，通常都有自卑心理，并多少伴随各种不同方面的强迫症。

以上论述的各个方面，对人的性情都有影响，但似乎均无法指向性情的直接结果。因为人的性情，是预设好的。正如你的出身，不是可以由你自己选择的。所以，人天生就是有情趣倾向的，情趣的存在自有公理。既如此，我们又为什么要花如此多的篇幅来做情趣探源呢？

因为情趣带给我们快乐，情趣决定了快乐。

我乐故我在

什么是快乐？《国语辞典》说是愉悦欢乐；心理学说是人的一种感受；生物医学认为是大脑分泌多巴胺产生的感觉；伊壁鸠鲁说，快乐是指身体的无痛苦和灵魂的无纷扰。

管仲曰："凡人生之生也，必以其欢，忧则失纪，怒则失端，忧悲喜怒道乃无处。爱欲静之，遇乱正之，勿引勿摧，福将自归。"人生应该追求快乐，但快乐不会占满人生。快乐是有差异和不同层次的。你听到一些逸闻趣事被逗乐了，会笑，也快乐，但这只是浅层的；当你期盼长久的愿望，历经磨难终于实现时的快乐，是深层的快乐；还有时候，快乐是综合的，既包括浅层的，也含有深层的，在一段时间里相互重叠，这就好比，你与相爱的伴侣在一起，斗嘴是快乐，娇嗔也是快乐，腻歪还是快乐。

但是快乐总不会是永恒的。不论具体的快乐每次出现多长多短，人生中所有的快乐都是暂时的，你想要延长它，也不过是一个暂时叠加另一个暂时，终究还是暂时。同样，快乐也是通过不快乐对比出来的。你的所处环境越低，快乐值越低，引发快乐的代价有时相对就会小很多，因为你的需求值比较低。所处环境轻松，基点高的话，深层快乐的代价就会相对高起来，即使因为环境的轻松，更容易升浮浅层快乐的呼应，但是少了不快乐的对比，快乐的阈顶就只好下降一些刻度。

我们可以靠自己获得快乐，也时常由别人带来快乐。但是，获取快乐是要有付出的。快乐与支付成本的计量关系，即痛苦与忍耐的成本如何与快乐的盈利所获的关系。只要算出利大于本，就是真快乐。比如说，你想要成为一名一流的芭蕾舞演员，但是成为芭蕾舞演员的过程是需要你付出刻苦、努力、忍耐和坚持。如果你自身的身体条件有优势，周遭的环境又很支持，然后在教育成长时又有贵人相助，那么你得到这份快乐就会相对容易，显然是利大于本。但有些人，因为家庭条件的不足，身体条件的不足，以及教育环境的不利，芭蕾事业始终得不到发展推进，那么显然是本大于利，并未收获真正的快乐。当然，事物是运动的，在你得到大快乐的过程中，肯定也有很多不快乐的因素潜藏；而本大于利的付出者，未见得在过程中不会收获到小快乐。我在前一本书中，已经提过，人生是收获过程，快乐是最大的总计的收获。

一切真实的快乐必发自于情趣,快乐的来源是情趣,情趣是天定的,而且是原初的情趣。快乐可以是生理的,比如你无肉不欢,大口吃肉就会很快乐;还有你喜欢漂亮衣服,看见了就走不动道,看看就很高兴。气味也能引起快乐。比如有的人闻橘子皮的味道,常为了闻到这个香气,主动给家人剥橘子吃。快乐是剥开橘子闻橘皮的沁芳,快乐是正好你的孩子又爱吃橘子。与情趣相投的人,哪怕没有言语,只会心一笑,都会让人快乐。快乐让我们心理坦然,充满人生幸福感。正如,正在书写快乐章节的我,写到快乐,都会变得快乐。所以,人生追求快乐与幸福是天经地义,是顺乎天性的。这就是"我乐故我在"。

快乐,是人生中最伟大的事!(高尔基)

笛卡儿说,我思故我在;奥古斯丁说,我错故我在。后者是天本论的，前者是人本论。这两句话间，隔了一千多年。

按时序，奥古斯丁的天本论在前，笛卡儿的人本论在后。我思故我在，强调的是"我"，以我的存在为本；而奥古斯丁强调的是"有错的我"，即前章讲过的，我们是在伊甸园中犯了罪的人的后代，罪错是我们的生命起点，这是既定的。所以，我们需要偿付，要赎罪。

自文艺复兴、启蒙运动以来，人们渐次走向对自我的关注，寻找自我，发现自我，解放自我。以强调自我的存在为第一出发，人本论引发了哲学多流派、艺术多领域的发展，直至后来的存在主义，可以说将人本主义发展到了极致。那么为什么存在主义之后，人类又开始指向存在的虚无？

以人本的思想出发，进入现代生活之后的人们，开启了欲望释放的盒子。女权主义，性解放，同性恋，嬉皮士，垮掉的一代，林林总总。但是，为什么只看到欲望曾经被压抑的部分，却忽视另一些得到完好发展的欲望呢？欲望是天性的一部分，是由我们的天性生发出的。性是天性，而羞怯、惧怕、陌生，也是人的天性。性解放了，人就获得解放了吗？性解放就代表着高级、文明、自由吗？极致地寻求性情解放、欲望解放的那代人，在竭力解放的最终，没有得到快乐。

人本论是社会化的，社会人格出自于人本论。上一章中，我们分析过社会人格以三个不同方面对人性遮蔽、捆绑、绑架，使得天性扭曲畸形，以至于泯灭。所以，人即使获得了人本世界的一切认可，竟然还是没有快乐，竟然更加痛苦。

我思故我在的人本论，把快乐原则异化了。人本论，认为快乐是无限的，无限快乐追求，无限欲望追求。然而，快乐，本质上一定是有限的。有限的快乐大于无限的异化。人在人本中追求的欲望，是无限快乐，可是无限快乐是不存在的，所以人在人本中追求的，实际上是无限的异化。无限的异化，最终指向无限的痛苦。

在经历这一切的人本哲学推进的发展后，我们只好重新思考"我错故我在"的命题。

人本论为什么是灾难的呢？因为它是无限论。人经过一切无限的发展后，重新思考我错故我在，从错失与不圆满中获得了再度理解天性情趣倾向的机会。

当我们再次回到我错故我在的天本论时，我们对自身是有了解的。以前我们只了解造化，或者我们不了解造化，只远远观望造化，我们不知道自己的意志该如何配合天命。情趣不是圆满的，是因缺失比量出长短，继而获得特点，也获得天然的支撑。懂得错失的人，就可以在当今的复杂中找回情趣的起点，获得有限的快乐。

那么，很多人会有疑惑，要重新梳理和天道的关系，是不是需要放弃欲望？这是不对的，人不能放弃欲望。我们那些不惜前仆后继、英勇牺牲的拼命伸展，对欲望的解放，怎么能够放弃呢？我们只是需要知道，人的欲望是有限的，快乐也是有限的。

半江瑟瑟半江红

先有生，才有求生之欲；存在，是存在欲的基础。生，是既定的事实，这个既定的事实指向无法永恒。我们已经知道，生命是无法永恒的，那么，什么可以永恒呢？

数学界常有对"无限""有限"进行有趣的讨论：

> 有无限个球和一个花瓶，我们要对它们进行一系列循环操作。操作是这样的，往花瓶里放10个球，然后取出1个球。那么，无穷多次操作后，花

瓶里会有多少个球呢?

有人说,答案当然是无限个球,因为每次都增加9个球,无限次之后,就是无限个球;逻辑学家詹姆斯·亨勒(James M. Henle)和托马斯·泰马祖科(Thomas Tymoczko)认为,花瓶里有任意个球;还有人对问题提出了质疑,说无穷多次的操作是需要无限时间的,而我们的生命不足以支撑到那个时候。答案究竟是什么呢?

再看看德国数学家大卫·希尔伯特(David Hilbert)著名的"希尔伯特旅馆":

> 希尔伯特旅馆有无限个房间,但每个房间都有客人。一天,来了一个新客人。老板说:"虽然我们客满,但你还是能住进来的。"于是,他让1号

房的人搬到2号房；让2号房的人搬到3号房；以此无限循环从n号房搬到n+1号房，新客人就住进了1号房。

又一天，来了无限个客人，老板还是说："不用担心，我们虽然满了，但大家还是能住进来的。"然后，他又让1号房的人搬到2号，2号房的人搬到4号，3号房的人搬到6号，以此循环n号搬到2n号，无限客人就排队依次住进了奇数号的房间。

数学是源于具体的抽象，并不能用以全然彻底地描述世界。在思维方式上，西方人历来追求多样性，复杂性；而东方人则更乐于追求所谓天人合一的一致性，统一性。那么，到底有没有无限呢？

我们首先不能否认，人是物质存在；环境，也是物质存在。既是物质存在，就会有生长消亡。那时间和空间呢？时间不应该是无限的吗？时间和空间，其实也是物质存在，而归根结底又只是人的认识，即所谓时间和空间的概念，是由我们自己的认识去决定的。也就是说，是我们的认识，认为时空是无限的。

《道德经》有云，人法地，地法天，天法道，道法自然。既然我们应师法自然，那么何谓自然呢？唐时《本际经》说，自然而然，不可使然，不可不然，故曰自然。默希子在对《通玄真经》卷八的题注中则说，自然，盖道之绝称，不知而然，亦非不然，万物皆然，不得不然，然而自然，非有能然，无所因寄，故曰自然也。庄子有说，不知所以然而然，故曰自然。也就是说，自然是我们人力所不及的，一种不知道为什么要这样的这样。

人的生命，来自于我们无法掌控的一种然。你出生的时间、形象；你将要走向的时间、样子；你什么时候会病，什么时候会死，都是天命中预设好的，我们不知其所以然的然。人的天性，就是自然而然。那么，既是自然的，就是有盈亏缺失，有不足、满溢、起落的。

一道残阳铺水中，半江瑟瑟半江红。

可怜九月初三夜，露似真珠月似弓。

(白居易《暮江吟》)

如江水过满则溢，过少则枯一般。江水需要调节，需要获得半江碧澄半江艳红的色彩分布。人的情趣也是这样，因某一方面的过与缺失而获得特征，维持这个特征，就是维持我们的有限性。有"有限性"才有个性。江水是绿的无限吗？江水又能成为红的无限吗？或者，江水可以成为半江碧绿半江艳红的无限吗？美来自于缺失，美来自于有限。因为人的生命是有限的，所以才会美。童年有限，童年很美；青春有限，青春也很美。所以，有限的老年，也是一种有限的生之美。

认识到"有限性",就是认识到你的缺失,生命的缺失。如果你发现并承认了自己的存在是缺的,还依然高兴,就是感恩。你的个子没有她高,眼睛就是不够大,或是眉毛生来稀疏。你因为有缺失和不足,才获得了成长发展的需要。就是说,因为有不快乐的痛苦,你才会有获得快乐的可能。当你已经发现人生中既定的缺失,继而不因此沮丧,而直面它,你就有了人生收获的感恩基础。事实上,你已然获得了高于他人基点很多的人生幸福感。

我认识一位女士,在寻找人生快乐的路程中,因认识不到快乐的有限性,丢失了幸福。婚姻使她丧失了幸福感,她就走向了彻底解放欲望的迷途,甚至不惜以养年轻"小白脸"、放弃家庭作为代价。她得到快乐了吗?她现在比曾经更加痛苦。

"小白脸"并不能给她带来永恒的快乐。你从某一处失败的不快乐中解脱,并不等于你就可以得到无限的快乐。牺牲家庭来换取小白脸，形同杀鸡取卵，是强调无限性人本时代的无休止欲望在闹鬼，而不是有限长久快乐的感恩。

如果她承认并感恩于有限快乐，而她的丈夫却还压迫她，无视这规律，则可解除婚约。否则，就不如一起重新发现、滋养和共同成长来生出新的快乐——或者叫回归到真实快乐。如果她和她丈夫都认识到自己的缺失与不足，认识到快乐的有限，就有可能一起重新走向幸福。

当今天的人们再次回到人本，探寻人本的新意义时，这个恪守宇宙规律的人本，在天人观中和谐的人本，与之前欲望无休止膨胀的人本是不同的。后者是盲目的，是无视天地人关系的横冲直撞，是没有控制的乱来。这将引向耗尽地球的资源的悲剧，将人的未来逼进死角。

当然,你不能止步于发现自己的缺失,并认账感恩便足矣。人在获得情趣后,还需要在维持有限性的感恩中去滋养情趣。情趣,仍然需要成长,前进。我们要让情趣生长繁茂,斑斓绽放。未来社会,将是在承认有限性的态度中谋求发展,而不是疯狂的欲望喷射,耗尽本钱,耗尽我们所处的环境中的资源。杀鸡取卵的时代过去了,快乐且长久快乐的价值观,才是理想的追求。

快乐啊快乐,味啊味!真味不是一瞬间刺激,而是回味无穷。有味而回味,方为真味。

论虚荣

为什么探源情趣的章节,要论虚荣?前面我们说了情趣来源于快乐,分析了快乐的有限性,接着,就该说说什么不是快乐。

什么是虚荣?就是不切实际的荣誉,贪恋浮名和富贵。虚，空也；荣，盛也。虚荣，实质就是空空的盛多，假多。人为什么会想要追求假多呢？

心理学经常把人追求虚荣的根源，归咎于自卑。自卑带来自负，带来与自己处境脱节的自尊。自卑的产生，其实源于你看见了自己的缺失。你已知自己的不足，但不想承认和面对这个不足，甚至做梦都希望这个不足消失，就会自卑。当你从自卑的起点走向以自尊的面目来掩盖和包装自己的不足时，你就走向了虚荣。所以，虚荣的实质，就是借助他势来装点自身，美他而不美己，味他而不味己。结局都是满满的苦痛。

玛蒂尔德年轻漂亮，丈夫是个普通小职员。因为有些骄傲的资本，玛蒂尔德对她所想象的贵族生活一直满怀向往。终于有一次，丈夫得到一张教育部长家的晚宴邀请函，便立刻拿来取悦她。玛蒂尔德想到晚宴非常高兴，但觉得自己没有配得上的行头。她丈夫把自己预备买猎枪存下的四百法郎拿给她，让她做了一件很漂亮的礼服。得到礼服，玛蒂尔德又因为没有首饰而犯愁，沮丧地向丈夫倾诉她不能忍受在晚宴中露出一点穷酸相。丈夫提醒她，可以向别人借首饰，于是她找到她的好友伏来士洁太太，从她那里借了一副最好看的钻石项链。

在教育部长的晚宴中，玛蒂尔德严格按自己预设的情节行动，完美成为了整个晚宴中最动人的女来宾。回家的路上，她突然发现，钻石项链丢了。她和丈夫焦急地找遍了所有可能遗落的地方，就是找不到。他们只好打算先买一副一样的还回去。几天后，他们终于找到一款式样接近的项链，价格却要三万六千法郎！

玛蒂尔德和丈夫决定先借钱买下新的还回去，然后再慢慢还债。他们辞退女佣，搬家，开始了节衣缩食、攒钱还债的生活。在还债的年月里，玛蒂尔德不得不放弃曾经的所有幻想，成为了彻底的劳动妇女。她的手开始粗糙，容貌也有了变化。

十年后，欠债终于偿清。松下一口气的玛蒂尔德，在公寓楼下遇见了伏来士洁太太。这次，玛蒂尔德主动叫住她，而对方却没认出她来。玛蒂尔德说自己现在的变化，都是偿债生活所迫，主动跟伏来士洁太太交代了十年前弄丢项链的事。伏来士洁太太知道后，错愕无比。她无奈又好笑地告诉玛蒂尔德，当初借给她的那条钻石项链不过是仿品，顶多值五百法郎。谁知道玛蒂尔德还给她的，竟是一条真正的钻石项链。

这个故事，就是著名的法国文学家莫泊桑的《项链》。

虚荣是情趣的天敌，快乐的反面。情趣关联到快乐，虚荣必然关联到痛苦。

既然如此，为什么人摆脱虚荣那么困难呢？我们怎就陷入了那选择不快乐的痛苦人生呢？这就是尘世名利绑架给我们带来的苦果。

人的存在，离不开社会。社会，除了物质存在，还有一种势力存在。所谓时势，众势，社会势力。社会势力中，充斥着很多势力绑架，这些绑架都是对情趣的杀戮，都是让人堕入虚荣的根源。在前一章，我们说过人格化的成功学。这种人格成功学中社会人格的确立，主要由家庭、体制和社会三个方面构成。

儿子在外求学，因成绩不佳而不敢回家。他苦恼的不是自己的成绩，而是来自于家庭的压力。母亲对他的期望，家庭的颜面，都使他不堪现在学业不济之重。妈妈会失望的，家族会丢人的，但他真的不想学，真的对此提不起兴趣，该怎么办呢？他自杀了。

一对患难夫妻互相搀扶，有个小水果摊自给自足，两个人也很恩爱幸福。但是突然有一天，女孩的表姐嫁了个拖拉机厂厂长，请女孩去她家的豪宅中玩了几天后，她的人生就变了。她看自己的老公再也不对了。为什么人家的老公都比他强呢？她嫌他这也不懂，那也不会；她想他为什么除了搬水果，只能搬水果？买卖还得靠她。她受不了老公对现实处境的满足，受不了他没有追求财富地位的宏图远志……终于，她把自己的老公逼走了，让他成了别人的老公。

还有很多男士，其实不是风流人，却总拿风流来说事。其实，那些所谓的婚外之情，与情又有什么关系呢？全是面子而已。为了这些面子，伤害毁灭自己原本的圆满家庭，会是快乐的事吗？

我说的体制，并非国家、政治意义上的体制。我所言之体制，指的是社会俗流的一种认识。俗流强调什么呢？俗流需要我们有社会身份，强调我们的身份出处。比如家庭出身、文凭学历、官位职位等。

家庭出身有意义吗？有，也没有。文凭呢？有，也没有。比如我本人，并没有什么显赫的出身，也没有傲人的文凭学历，但这些一点都没有阻碍我成为一个成功的企业家。反倒是这个自学成才的我，领导了很多有显赫背景又从名校毕业有高级文凭的人。

我绝对无意否定学历的价值，只是强调要把来自于俗流绑架的文凭与真实能力的错位呈现出来。如果你是遭俗流绑架去追求文凭，去耶鲁、哈佛、剑桥留学，那么你留学归来后，哪怕确实收获了学历，却丢失了真实能力的学习，这又有什么意思呢？真实能力，才是你不受困于人生的真正基础。而俗流绑架中，要你去获得的文凭、官职，不过是茶余饭后给你挣个口彩的简短谈资。你因此会获得满足吗？冷暖自知。

我们常说，谁谁谁是性情中人，谁谁谁有情有义。情义真的那么简单，又真的那么便宜吗？为兄弟两肋插刀，为朋友雪中送炭。你不肯替他挨刀，不能给他送上雪中之炭，就不是他真正的朋友了吗？有多少人，在道义的浅层做得完美无瑕，却实际是背后捅刀子、落井下石的假情义面孔呢？当然，我绝不是在鼓吹人应该无情无义。我要说的是，你应该讲情义，但不要被情义裹挟。

你有个兄弟做生意被人坑了，这会儿正身陷囹圄。朋友中有人出来挑头为他筹款救援，伸张冤屈。但你自己现在的情况并不良好。你刚被辞退，还有房贷没有还完，你的妻子病了，孩子收到了哥本哈根大学的录取通知书。你负担房贷，妻子的医疗费还有儿子的学费都已很吃力，你该怎么办呢？老王已经拿出了三十万，六哥也表态要把车给卖了，你呢？如果你没有任何表现，老王和六哥，还有你狱中的朋友会怎么看你呢？而你用你老婆的生命、孩子的未来，来换取一个不被称为"无情无义"之人的名号，真的值得吗？

真有情的，会在乎颜面，在乎人云亦云吗？也就是说，你这样的情况，你狱中的朋友真把你当朋友的话，会在乎你没拿出钱来帮他解围吗？情是相互的，面子是做给别人看的。在乎别人怎么说你，说你是有情义的人，比你自己到底是不是一个讲情义的人重要，这就是社会对人的绑架。你害怕在社会上留下恶名，你为你在社会上的角色、名声，做了太多毫无回响的投入。为什么你千金散尽，哪怕负债，都要经营自己的名声，却不肯拿出一点来为自己真正的情趣投资呢？

在这三大绑架下，人们常常快人所快，痛人所痛，结果完全找不到自己。他们常常露出对别人的羡慕，也感慨别人在情趣中的快乐。可他们自己呢？因为长久地受困于虚荣，使得自己的情趣被扭曲扼杀。他们怎么问自己，都已经问不出自己究竟喜欢什么，到底对什么有兴趣。你通过写作获得的成功，令他羡慕不已，但他只看到了你获得的成功的结果，不可能体会到你在背后的付出。他会想，其实他自己一直是对文学感兴趣的。过两天，他又有朋友因为攀岩而获得了名声，这又让他很羡慕，又开始觉得自己是不是也对攀岩有兴趣的……社会绑架，夺走了他们的情趣，也就使他们失去了快乐。

现在的人们越来越热衷旅游。可他们全是真的出于热爱风景，出于对旅行目的地的好奇吗？还是只因为别人都去看过世界，我也要去？别人都看过大海，我不能不看？在人山人海的古罗马竞技场，排队五小时入场，挤破头皮终于拍下一张照片，他就放心了；在巴厘岛忍受着烈日的烤灼和炒饭中的蚂蚁，但只要拍到沙滩大海边就是胜利。究竟是你在看风景，还是风景在看你？你与风景根本没关系，你看什么，都是在替别人看而已。

你真的那么爱美泉宫的玫瑰墙吗？为什么却忽视了自己园中已经绽放的梨花呢？为了别人眼中的成功而忽视、丢掉，甚至再也找不到原初的情趣，那么不是味的人生，而是无味的人生，麻木到苦涩也尝不出来了。

有一个女孩，洁白，明净，纯澈。在一个下雪天，她朝你走来。她为什么不穿衣服？又怎么会比雪花还白？你没有起任何邪念，你只觉得真好啊真好，你不用站在下着雪的现场。你有烧得正旺的火炉取暖，有舒适的躺椅让你斜靠。你抽着烟，喝着茶，远远地看她。你也没搞懂，为什么灯光在你这里，舞台却在外面。

你听见她的独白：

"我又一次错过了阳光。没关系，这是我人生中第八百六十七次了。知道吗？只要有第一次，就已经等于八百六十七。人为什么要有名字呢？我不能想做谁，就是谁吗？谁又规定一辈子只能演一次主角呢？你快点吧，再快一点！掌声已经迟到很久了，你还打算慢悠悠地走过来吗？我告诉你一个秘密，灵魂是可以飞的。别问我怎么知道的，知道得太多对你不好。记住，痛是给别人看的，幸福更是。你不去感觉，不就可以没有感觉吗？天不会为你哭的，天是天，你是你。雨是天的眼泪，而你，是命的眼泪……"

怎么停了呢？你刚听进去，怎么就忽然停止了？

女孩倒了。早不倒晚不倒，偏就这时候倒下了。

雪花瞬间就把她埋没了。你看见了她的坟墓，比死亡来得还早，早早地就在雪地里等待。

为什么她没有墓碑？难道她真的没有名字？

她的坟头堆得很高，高得快挡住你全部的视线。

她的坟墓由奖章、存折数字、名牌衣服、高跟鞋、首饰和口碑名声堆砌重压。

她的花圈蜂拥而来，有序入场，全是由时尚、水货、廉价品、快餐盒与抽象数字编扎而成。

她，是一个无味无色无光无声的死寂躯壳。

你总觉得认识她，但就是想不起来在哪里见过她。

现在她死了，却不肯消散。

她是一个塑料人。

第四章
欲望的回归

在讨论了情趣与虚荣的关系后,有必要论述情趣的滋养、保守和成长。

情趣的根底实际上还是欲望与本能,这是造化预设的,不可知的。然而,这个时代再论欲望,与前面的历史有何不同?不同在于统一欲望的碎裂。

大仲马写过,忧郁是因为自己无能,烦恼是由于欲望得不到满足,暴躁是一种虚怯的表现。几百年来,人类一直在探索自己忧郁、烦恼、暴躁的根源,做了很多从无能上升到有能,从虚怯晋级成勇敢,从欲望的不能实现与得到满足的尝试。疯狂自我折磨的几百年后,人类显然还是有所收获的,至少发现了其中的机要:人是无法类同的。

从无能上升到有能间的能力等级,也许需要几十亿阶梯体现。欲望可以被绝对满足吗?满足之后又生出新的不满欲望该怎么办?度量衡的无法统一,指向了统一欲望的无法实现。

当你关注到不满的欲望,试图战胜自身的羞怯、无能、烦恼时,你放大了欲望的无限性,忽视了自己天性的不足。胆怯、害羞、懦弱是随生命一起降临的天性。人人都是英雄了,英雄还怎会值得歌颂?只有当我们的天性本能,被外部社会阻碍时,才需要抗争。人的战争是由内抗外,抗社会绑架,抗"非我"的。克里希那穆提说,对欲望不理解,人就永远不能从桎梏和恐惧中解脱出来。如果你摧毁了你的欲望,可能你也摧毁了你的生活。如果你扭曲它，压制它，你摧毁的可能是非凡之美。

人们常说这是一个后现代社会，所谓后现代的特征就是碎片化。碎片化真的不好吗？碎片源于整体，整体由碎片构成。为什么一定要整合化一体化？当欲望被统一的时候，遮蔽和剥夺的是个体的欲望。碎片化的真正价值不是信仰碎裂一地，而是欲望碎了一地。大一统的欲望被打碎了，个体的情趣便被还原出来。曾经那些会被贴上"怪异""变态""另类"标签的趣味，在统一欲望的碎裂后，终于等到一个让它们看起来不那么怪异的时代。如果你还在以旧的统一标准和年轻人打交道，当心哪，千万不要对他们的情趣给出什么怪异的嘲讽，或做出改变他们趣味的劝诫，因为你已顷刻间被淘汰出局。

人类真的有统一欲望吗？这是一个伪命题。没有的，有的只是一个霸主要强加给人，忽悠人放弃自己欲望的所谓"统一欲望"。全球化会胜利吗？英国为什么要脱离欧盟？种种迹象，都在向我们显现不管是国家还是个人，都已走向对个体的完善。当哲学开始关注个体，就必然要关注到个体的多样性，一切我们熟悉的老问题，都延伸出多样性的命题。任何个体的情趣因本质的差异，再加上时空的错位变化而特立独行。所以，没有完全一致的情趣。这就注定了情趣的有限性。人们在无限的统一的欲望的驱使下，去推动社会进步的时代终结了。

有限的情趣带来有限的快乐，无限的欲望导致无限的痛苦。究竟是有限的情趣富足，还是无限的痛苦富足呢？

自由与禁锢

人生而自由，却无往不在枷锁中。（卢梭）

没有禁锢作为对比,自由如何能显现呢?自由与禁锢,看上去是对立的,实际上相辅相成,谁少了谁都不行。人类谈自由已经很多年了,华莱士为它开膛剖肚,裴多菲甘为它抛弃爱情与生命。但伴随我们走到今天的自由,早已不像华莱士时期那么简单。人类对自由的理解,从单面升级到多面;对自由的需要,也从浅层走向深层。

上一章提过欲望的解放。解放欲望的需求,就是人对欲望自由的需求。性解放运动,可谓是欲望解放的代表之作。但是,仅有性是被压抑的欲望吗?性的解放,是人类的统一需要吗?并不是。人的欲望同样是多样的,动态的。人的不满,是不会得到有效的永远解除的。有满,就会有缺,有缺,才有满。于是,满即是缺,缺即是满。

《旧约》说,起初人类的语言是统一的。人在往东边迁徙的过程中,在示拿地遇见一片平原,就住在那里,并决定建一座城和一座塔,还要让塔顶通天。神得知后,不仅让那未完工的塔倒了,还打乱了地上的语言,分散了地上的人。这就是巴别塔的故事。

巴别塔的故事,解释了我们人类为什么不是一种人,为什么不说同一种语言。除此之外,似乎还给我们带来了一种人类不能是一种人、不能说同一种语言的暗示。我们必须不同,我们只能不同。历史上,任何想要大面积同一化的企图,似乎都是无果而终,甚至下场惨烈。

人为什么会有想要相同的愿望呢?因为相同可以减低人生成本,不同带来的摩擦和冲撞,会增加人生的付出。假如人类都说同一种语言,那就不存在什么外语学习了;如果女孩子们都喜欢同一种裙子,还有什么能让她们攀比自傲呢?人喜欢的东西都一样,讨厌的事情也差不多,那么,是不是喜欢也变得没那么喜欢,讨厌也要显得不讨厌了?

探寻大众心理的法国社会心理学家古斯塔夫·勒庞在《乌合之众》里写过,人一到群体中,智商就严重降低,为了获得认同,个体愿意抛弃是非,用智商去换取那份让人倍感安全的归属感。前面几百年,人类有过一段对集体主义的探索。但集体终究只是个体的聚拢,并不能达到个体的统一。现当代哲学,自然走向了个体的胜利。

康德曾表示,自由不是让你想做什么就做什么,自由是教你不想做什么,就可以不做什么。那么,不想成为工薪阶层,就可以不去成为;不想为了早婚而早婚,那就继续等待中意的人。人生多样化的社会合理性,已经有了为你们清扫旧的"社会人格化"的苗头。如果你已认同欲望、自由和快乐的有限性,那就放心大胆按你的意思做吧,谁能说你是错的呢?

自由必然带来不同,一切的不同运转起来,个体的不同就必然受到限制。纪伯伦写道，我们当中，一些人像墨，一些人像纸。若不是因为一些人的墨黑，一些人将会失语。若不是因为一些人的洁白，一些人将会失明。人的天性差别，决定了欲望需求的必然迥异。当我们回到批判欲望的位置上，并不是要否认欲望，只是强调欲望因碎片化而获得的自由。这样的自由因个体的全面解放而受制于自由。

当自由成为普遍存在状态时，实际上又是一种新的禁锢。只是这样的禁锢不同于之前历史中大一统的禁锢，禁锢本身也丰富多样。所以，人们在这个时代又是真正幸福的，因为并没有一种绝对意义上至为强大的可以剥夺你的力量存在，一切禁锢都是带着自由的。于是，禁锢在后现代社会的真实意义是有限。

人们来到一个相对的世界，彻底陷入相对，这点在古时候被说成是虚空，佛教所说幻相世界，就是这个意思。然而，既虚空，既相对，必然有其对立面，就是真实。真实是从认定所有虚空和相对中呈现的。

青年一代有美丽的感恩心,对有限有丰富而深刻的认知,这造就了他们情趣流露和发展过程中对他人、对世界的尊重。狂妄逐渐去掉了,那么,实际上真实地来自于天道的大一统将显现出来,这就是大众的相对性在宇宙秩序中的快乐认知。人们如果愿意倾听天道法则,那么因天道法则的无边无际而实际上获得了真正的自由。你再怎么,也无法越过天界,这难道还不够自由吗?

你不能要得太多,你只能要你可以要的那部分。你追求无限,想得到所有的无限是失败;而你想要被应许的那部分,尽管那部分可能是相对的,幻觉的,但承认这个幻觉就指向了真实。

幸福感是这么产生的。

回头是岸

在计量了绝对与相对的得失之后,仿如初醒,我们居然发现回头是岸。

人生百味,味味都甘甜。

去掉统一标准,是情趣滋养与成长的前提。也许这一天,你感叹:早知今日,何必当初!

果然是这样的。

现在,你真正的困惑来临了——不按大一统的、被他人限定好的标准迈步,你忽然不会走路了。

如何发现自我情趣呢?

川端康成写,凌晨四点钟,看到海棠花未眠。

你有多久没遇见未眠的海棠了?未眠的海棠其实还在,只是人已不再看它。同样的凌晨四点钟,你会干什么呢?现代科技生活,让我们获取了很多方面的速度提升,人际交往的,交通的,建筑的等等。尽管如此,我想谁都不愿意让自己的寿数也增速发展,提前抵岸。

科技为生活提速,动机是出于减低人为此付出的消耗,节约人生时间。可谁能预见发展的速度有这么快呢?清朝离我们不过百年,但自大清亡始,生活所发生的变化,可以说是面目全非。科技为人赚取的更多时间,又被人以更高的价值偿还回去,包括青春、健康、容貌和爱。

增速的生活,让心跳也增速了。你的呼吸加快,脉搏激烈,听什么都静不下来,看什么都想快进。你希望时钟走得慢些,再慢一些,却希望电脑系统或手机速度还可以再快一点。生活的快,让你的美的发展,变得慢起来。时间就是金钱,效率就是生命,这话其实仍然没错。错的是你把效率用在何处,拿这些金钱怎么花。方向大于努力。你的能力是被你的选择决定的。

《韩非子·喻老》里,有这么一段:

> 昔者,纣为象箸,而箕子怖。以为象箸必不加于土铏,必将犀玉之杯。象箸玉杯,必不羹菽藿,则必旄象豹胎;旄象豹胎,必不衣短褐而食于茅屋之下,则必锦衣九重,广室高台。吾畏其卒,故怖其始。
>
> 居五年,纣为肉圃,设炮烙,登糟邱,临酒池,纣遂以亡。故箕子见象箸以知天下之祸,故曰见小曰明。

大意是说:纣王做了双象牙筷,箕子就觉得不安。要是用象牙筷,就不能配普通杯碗了,得配犀角玉石。

用了犀角玉石的杯碗，就不好吃淡饭粗茶，得要珍馐佳肴了。要吃佳肴珍馐，就不适合这简服陋室，得要有华服敞厅了。箕子一路想去，担心最终，于是忧虑起端。

五年后，纣王建大园，设铜烙烤肉，立酒糟之丘，临琼浆之池。但是，他也就这样亡了。箕子以一双象牙筷就预见未来的灾祸，所以说他由小见大，说他明白。

象箸之忧的这个故事，常被引来说因小见大，防微杜渐。我在此处引出，是出于方法论的。我想启发大家的是，发现和塑造自己时，不要求速度、贪面积，应该按由小及大的顺序，渐次递进。

比如，你可以先从好好修剪指甲开始。等你指甲修得平整洁净，就会觉得手上的细纹显得突兀，于是你就会把双手养得滋润柔嫩。等你手养好了，自然又会关注到胳膊、腰身、脖颈等等。只要你循序渐进地慢慢跟着走，恍然间就获得了全身的进阶。这是硬件上的胜利。

软件呢？你可以试着从最简单的练字开始。首先，至少把自己的名字写漂亮。等你把自己的名字写漂亮了，自然就想把其他的字也写得很好。要把其他的字也写好，你就必然会开始看书。读的书多了，懂得多了，你又会再想看看更大的世界，也许就会再学一门外语。等你掌握了一门其他国家的语言，就会动念头要学习更高的表达方式，要学习艺术的语言了。按此类推，你的可能性还有很多很多。秘诀就是，从最小的事做起。

所以，在发现自我情趣的旅程中，何不放松你紧握的拳头，先从食色的根本上去寻找呢？食、色，性也。谁能逃脱天性的宿命呢？谁都不能。但人会选择逃避，无视。你还会吃饭吗？能尝出甘甜、鲜咸、涩嫩吗？很多人都埋怨当今的食品质量不佳，但你们一个个要是嘴刁得能尝出肉有没有注过水，水果够不够新鲜，鱼是不是现杀的，黑心商人们想简单发横财的难度就会增加许多啊。

马尔克斯说，诚实的生活方式其实是按照自己身体的意愿行事，饿的时候才吃饭，爱的时候不必撒谎。你应该问问自己，你还会饿吗？你是为了什么而吃呢？解决温饱？解决你心里的一个梦？解决别人吃过，你也要尝一尝的比较？好好吃一顿饭行吗？吃饭就是吃饭，不要将吃饭作为工作和事业的手段，吃饭本身就是目的。看一看自己的面目，再看一看打动你的面目行吗？就是看看嘛，不是为了别的远大前程而看己看人。山中何事？松花酿酒，春水煎茶。你一口茶刚咽下，江湖夜雨十年灯。日子慢慢过，味道好好尝，绽放的过程还可以被拉得更长。顺便告诉你，不老的秘诀，就在于你的时间比别人慢。

你需要重新开始，你需要从头再来。这个是最难的。但是，不要害怕，先慢下来，慢下来就是快。让心跳的律动缓和些，让眼睛看得再远点，让耳朵听得清楚些，让味道散得慢慢的。雨中山果落，灯下草虫鸣。

我们前面论述过寻不见情趣的苦痛，论述过不知道喜欢什么的无奈。

有人说人生就是虚度，你知道这个虚度的真谛吗？其实它不是说人生是放弃，而是教你放弃过多的社会人格限定的拼命。虚度，虚的是社会人格，虚的是一切别人说的那套。虚度，是告诉你不要把那套当真，要把世界玩儿了，别被世界给玩儿进去。人生怎能不度？这样度那样度，本质上都是虚度。所以，放心大胆地玩儿起来，游戏起来，只要规则是你自己定的。

宣布"所有你乐于挥霍的时间都不能算作浪费"的约翰·列侬，还曾这样讲过：五岁时，妈妈告诉我，人生的关键在于快乐。上学后，人们问我长大了要干什么，我写下"快乐"，他们告诉我理解错了题目，我告诉他们，他们理解错了人生。

沈从文说，一个女子在诗人的诗中，永远不会老去，但诗人他自己却老去了。

这就是说，女子就是诗。为什么你不把自己活成一行诗？你原本就是诗啊。

我们努力划动的，逆流而上的小船，为什么注定要被浪潮推回到原点？日长睡起无情思，闲看儿童捉柳花。人生需要玩，需要我们玩味人生。所谓玩味，就是回味。

人生的驻足，味的回味，就是慢下来，让时间慢下来。慢下来，你就会发现另一番天地。慢，不受制于道德，不是让你忍耐、憋屈、克制，而是缓和，松弛，舒展。Less is more，少就是多，于是乎，慢就是快。人生慢下来达到的快，是指你走向发现自我，找到自我情趣的快。慢下来的时间，延伸你的青春，拉长了人生，而又使你和你自己贴得更近。落霞与孤鹜齐飞，秋水共长天一色。先从呼吸开始，慢一点，再慢一点，吸得深些,才能呼出得更加完全。然后到坐卧行立,然后到感官食色,你的目力、听觉、味蕾,皮肤的触感、纹理、弹性,都会在慢下来的人生时光中重新获得滋养,熠熠生辉。

如果你所知道的一切,都是你变得不快乐的根源所在,那就索性忘记它们,将它们统统扔掉。《小王子》里写:"所有的大人都曾经是小孩,虽然,只有少数的人记得。"想想你是个小孩子的时候,可以用一整天的时间发呆徜徉,也可以执拗地不吃不睡,只等着口袋里的石头开花。你趴在地上看蚂蚁搬家,破坏他们的队列,又再把失散的那些引导回家。那时,你醉心于你的游戏,妈妈喊你回家吃饭听不见,雨已经滴在肩上也没察觉,你只在自己的情趣中精疲力竭,回到床铺上倒头就睡。就连梦里,你都在盼着蚂蚁来陪。

人生天地间,忽如远行客。究竟发生了什么,又遭遇了什么,让同一个你,变了那么多?其实,不知道也没关系。你还是你。回到你小孩子时候的慢的节奏中去吧,完整的你会在慢中苏醒,你会在慢下来的时间中,得到你已经丢失的,你总在丢失的。不需要想为什么,也无须再介意为什么这样,没有为什么,就是一种为什么。慢很美,你也很美。你在慢中找你,在慢中发现惊天动地……

  我在路边行走,也不知道为什么,

  时已过午,

  竹枝在风中簌簌作响。

  横斜的影子伸臂拖住流光的双足。

  布谷鸟都唱倦了。

  我在路边行走,也不知道为什么。

  低垂的树荫盖住水边的茅屋。

  有人正忙着工作,她的钏镯在一角放出音乐。

我在茅屋前面站着,我不知道为什么。

曲径穿过一片芥菜田地和几层柹果树林。

它经过村庙和渡头的市集。

我在这茅屋面前停住了,我不知道为什么。

好几年前,三月风吹的一天,春天倦慵地低语,柹果花落在地上。

浪花跳起掠过立在渡头阶沿上的铜瓶。

我想着三月风吹的这一天,我不知道为什么。

阴影更深,牛群归栏。

冷落的牧场上日色苍白,村人在河边待渡。

我缓步回去,我不知道为什么。

(泰戈尔《园丁集》)

如何滋养自我情趣呢？

日本作家石黑一雄讲过，如果说有一件事是我鼓励你们大家去做的，那就是永远不要随波逐流，要超越我们周围那些低级和颓废的影响。对于身体中隐藏了集体化需要的基因密码的人类来说，怎样才能做到不随波逐流呢？

摆脱随波逐流的基础，是自我的强大。只有强大的自我，才能不被社会化的浪潮淹没，守住自性生长的空间。那么，自我，由何而强大？

首先，我相信，请你也相信，自我本就是最强大的。它现在不够强大，是我们在后天时境中的遭遇累积而逐渐形成的。每个人对强大自我的保留度，都不一样。本来无一物，何处染尘埃。你不知为何而来的恐惧，对生命的无所适从，都是尘世染脏对本来自我的遮蔽。不要为已然失败的过往忧虑。在错过阳光时哭泣，就可能再错失月亮与繁星。《吉檀迦利》中有这样几句:"离你最近的地方,路途最远,最简单的音调,需要最艰苦的练习,旅客要在每个生人门口敲叩,才能敲到自己的家门,人要在外面到处漂流,最后才能走到最深的内殿,我的眼睛向空阔处四望,最后才合上眼说:'你原来住在这里!'"

人都有一个走丢、迷失的过程。诚如自由与禁锢,还原与遮蔽,满盈和缺失的相互对立又相互依存关系,无所谓丢失,又何所谓还原?没有脏,怎有净?无弱小,就不需要强大。只要你确定了目标,那么对自己就不要太苛刻,慢下来,逐步地涤扫,或与尘埃游戏起来,终会峰回路转,还原出你原本强大的自我。

灵魂失去了庙宇,雨水就会滴在心上。(里尔克)

你在放下来、慢下来的回味中看见了自己的所好，你也许会放声大哭，也许会因第一次与自己相遇而泣不成声。

哭过了，就好了。现在你至少知道自己的原初样子了。这就是一切的起点，事业才变得有意义，探索才变得有价值。记住，价值绝不是去实现他人的价值，绝不是去捧场做粉丝，价值由自己规定，由自我实现。

强大自我的诀要，是自恋。自恋是一切滋养的起点与核心，强大的秘密就是自恋。你首先要明白，自恋不等于自大，不是自满，不是自傲。恋，本义留恋、不舍。自恋，是你要自己和自己相处，留住自己，爱你自己。萨特说，我是个百依百顺的孩子，至死不变，但只顺从我自己。他还说过，他人即地狱。所以，千万不要相信先模仿、再创造的谎言，只有自恋者因实现自我价值的追求才需要模仿他人的方略、技法。无论你选择什么路径去实现美，不要忘记你的对象是你自己，一切都要围绕你展开。别人的方法再成功，不能为你服务，那就毫无意义；别人的手段再有效，不能用来加强你，那就一钱不值。别人，都是观众，舞台是你自己，演员也是你，台词和行动，都由你自己控制。王尔德说，爱自己是终生浪漫的开始。世界要是没有你，世界又有什么意义呢？自恋使人强大，强大才能获得能量。

研究引力波的当代理论物理学家，劳伦斯·M.克劳斯说：

你身体里的每一个原子，都来自一颗爆炸了的恒星。

形成你左手的原子，可能与右手的来自不同的恒星。

这是在我所知物理学中，最富诗意的东西：

你的一切都是星辰。

浩渺繁星，辉芒万丈。你不是群星中闪耀的一颗，你就是群星。

你丰富，跃然，化身万千，每一个刻面都如此闪烁。你有什么理由不热爱、狂恋于这样的自己呢？休对故人思故国，且将新火试新茶，诗酒趁年华。你的丢失、狂乱、错位与挣扎，在你情趣的滋养中，都会得到弥合与恢复。喜欢谁，就去喜欢，不要在意别人的评价。自我的强大，将带你在自己的情趣中获得至高的愉悦。你的情趣无须得到认可，只要服从于自己的快乐。还有什么，比追求味的人生，更有滋味呢？大家都在开豪车跑车，可你就是喜欢自行车怎么办？是因为你穷吗？不，是他们太穷，不知你好自行车之趣的贵。当你丢掉社会化人格的成功标准，在追求美和味的人生中，已经获得了傲人的财力资本。多大的重价能买到你的快乐呢？

财富是单一的资本恒定吗？为什么人们对财富的理解这样局限，你是否又愿意别人用一种单一来看待你呢？或者食物真的只为了果腹？时间是财富，青春是财富，美和快乐是最大的财富。你美，就会快乐；你快乐，就会很美！

日中则昃，月盈则食。承认人生的缺失与不足之后，你竟获得了不完美的完美。冈仓天心《茶之书》中的茶道大师所追求的，就是污浊尘世里能够达成的，一点点可能的美。不要只把美放在外部世界，美是由内而外，以此及彼的。凌晨四点未睡的海棠花，不是你看见的，而就是你。你自己，才能决定你看见什么，将会怎样，这一切都在于你的认识。观念大于技法。

上一本书，我就说过观念大于技法。这里再次提到，是要向大家强调，观念必须是自己的，而技法可以是自己的，也可以是他人的。

在以往的时代里，我们常常颠倒了，技法多数是自己那狭隘的老几招，而观念却是别人的。我曾对一个向我请教的员工说，导致他经常收支不均的原因，是手段大于目的。我们总是迷恋于方法的绝对，不相信自身认知的强大。实际上，你所看见的成功案例，就是出于别人强大的观念认识，而并非是他遵循的方法。继续发展和推动这个别人已经获得成功的观念，是别人的事情，不是你的。你应该获取的，是他如何达到自己观念胜利所运用的技法。要将他人实现观念的技巧，拿来实现你自己的观念。当然，你还可以多学几种手段，以更缤纷的姿势呈现你的认识。

尼采提醒我们，对待生命你不妨大胆一点，因为我们始终要失去它。自恋不是封闭，不是固守。自恋是情趣的执着，却更需要眼光的开拓，只有爱自己的人才可能是最好的学习者。

如何因自我情趣而丰满收获呢？

人生之价值，在于收获。既然收获是人生之价值，那么痛苦、成长、疾病、财富不也都是人生所得吗？追求人生价值，是人的天性。快乐，是最高的人生价值，是人类所有财富汇成的最高总和。你对自我情趣悉心的滋养，将带领你走向最高的人生收获。

人生就是一场收获。收获需要从根生发出去。根是什么？根是我们被造化预设的天性，人的本来美。情趣的种子，顺着天性之根，生长发芽，开花，结果。一切生命状态都是这个规律。

当我们寻见了情趣的种子，也知道了情趣滋养的自恋认知，那么，需要做的，就是顺其自然，让它开花结果。结果，就是收获。

人在世上，高高低低，鳞次栉比。按天性流露的人一定千差万别，只有在无限异化中挣扎的人才千人一面。既然人那么不同，不同就会产生摩擦和冲撞，那我们如何在这样的人群交互中获得滋养和收获呢？你应该学会比对。

比，甲骨文字形像两人步调一致，比肩而行。它与"从"字同形，只是方向相反。《说文》说："二人为从，反从为比。"所以，比的本义是并列，并排。对，从寸。寸，法度也。汉文帝以为责对而为言，多非诚对，故去其口，以从士。对的本义为应答。那么，比是比照着你，但方向相反；对，是回答，还可引申为与你相对，不一样。我们不如进行这样有趣的延伸理解：比对，就是把与你相同的，不同的，相对的，都拿来对照比一比，以给你参考而作人生的回答。

作为有社会存在需要的人类，人天生就喜欢与他人比较。比对，不是让你去与人比较，比较成功的大小，年轻的优越，财富的等值。那些都是社会化的人格比较。我所说的比对,是对人不尽相同的天性、性情做观察比对,继而进一步认识到有限性,认识到他人与自我皆有的不足与缺失。多识仁波切说过,与智慧分离的慈悲,与慈悲分离的智慧都是枷锁。孔子说,不知生,怎知死?所以啊,你看世间,无短,怎会有长?无往,又怎么来?就像美与丑的对立共存,是一个统一结果的不同方面。

我们应该再想想道家一直强调的师法自然。庄子说,天地有大美而不言,四时有明法而不议,万物有成理而不说。圣人者,原天地之美而达万物之理。探究天地的美,可以让我们通达万物的道理。那么,天地之美究竟有多美?

首先,一定要破除标签化的天地概念。作为当代城市化背景的人,与天地自然的亲近,早就不如我们的先人前辈。难道天地自然只是四时更迭,只是鱼虫花鸟,只是草木盛衰吗?不要忘记,你也是自然的一部分,你的天性是自然而然，造化预设的，与天地万物同理。人之所以要拂尘，是因为我们比自然界的生物存在多出了自由意志。如伊甸园的故事，亚当和夏娃本来都是赤身裸体，不觉得羞耻，但他们吃了智慧树上的果子后，两人马上就发现自己是光着身子的，懂得了羞耻。以《创世纪》中伊甸园的故事来看，吃智慧树的果子，是我们人类获取自由意志的最初根源。

之前介绍过，人类因自由意志而担的罪，这里就不再赘述，继续演绎比对关系。我提到自由意志的目的，是告诉大家，除却自由意志的部分，人也是万物自然的产物，只要我们认识到自己罪错的起点，就与天地一样大美。当你已经可以感恩地面对缺失与不足，知道这是造化既定的宿命，你真的就会放下心来，海阔天宽。松开攥紧的拳头，你将收获璀璨绝顶的钻石。

那么，到底该怎样比对呢？

我在美体实践中,始终强调成长。成长不是盲目的,是自我目标设定后的成长。于是,我们需要一起在无知中共同探索。这是一个一起求索的年代,我能与众人分享的,正是我的困惑。如果你认识到大一统的欲望瓦解了,那么,我们共时的困惑其实并不是相同的困惑。正是困惑的不同,成为成长的知识。不同与相对,带来发现。反对一切方法,就是一种方法。你以面食为趣,我以大米为好。我们的不同会有摩擦吗?你把你对面食的体味、品味分享给我,或许就增加了一种我对大米的认识;而我对大米的解读和依恋,也会支持你更好地在面食审美中获得异样的意趣。

这就是出于纯粹起点的不同所具有的审美同一。我们对情趣热爱的程度,是同样的,但我们的情趣具体是不同的,审美方式、体验方式是不同的。但是,因为情趣的还原,在天性的快乐体验中,这些不同都可以殊途同归,指向同一的人生大快乐。

数学家、哲学家、心理学家，在不同门类中的众多家们，在各自不同门类情趣中所获得的快乐，其实是一样的。而不同门类，带来的路径差异，对于你的情趣滋养，是有启发、伸展和支持的作用的。所以，这是一个比对学习的新时代。并不是欲望的视听就可以简单替代书本灌输，而是你的有限与我的有限进行一切可能的比对，甚至再次回到书本的比对中，才可能有一个相对靠近事实的版本。

当然，你又问回这一切你都懂，但怎么发财呢？这就落伍了，不在这个味的话题里了。说味，是说如何挣得百味，收获百味，是以味作为最大财富。你还在陈旧的财富价值中挣扎吗？为什么对你已然存在的、追求快乐的欲望避而不谈呢？不要再重蹈杀鸡取卵、买椟还珠的覆辙了，人生那么美，那么快乐，你为什么要那么奔忙？既要奔忙，又为什么不肯为自己的情趣奔忙？为情趣奔忙是快乐的，只有为了情趣，才值得奔忙。放弃社会中的人格位置,挣脱社会的重重绑架,那些东西一钱不值。如果人的劳作是赎罪,那么我们何不为达到人生的快乐而劳作?既然我们注定了要去追求,那就索性追那价值最高的情趣。

味啊,人生百味;味啊,回味无穷!

第五章
走出困境

前章说过味的三个方面：滋味（质料）、趣味（情趣）和体味（体验）。

我们已经论述过味的滋味和趣味，接下来，就进入到味的第三个层面：体味。

体味必然涉及甘苦。我们先讲苦的一面。

鲁迅曾写，楼下一个男人病得要死，那间隔壁的一家唱着留声机，对面是弄孩子。楼上有两人狂笑，还有打牌声。河中的船上有女人哭着她死去的母亲。人类的悲欢并不相通,他只觉得他们吵闹。

人生如逆旅,我亦是行人。人生在世,不长不短,日子时而快,有时却又慢。人的悲欢不一样,体验也有万万种,但它们终归都是有限的,是暂时的。

人生不都是快乐,也不会全是悲剧,时常缠绕我们的,是困境。

什么是困境?我相信,无须多少笔墨,你已然对它有过体会。因为我们都经历了许多大大小小不同的困境。我们既被消磨挫败过,也有迎刃而解战胜过。项王军壁垓下,夜闻四面楚歌是困境;你向倾心的女孩告白,却遭到拒绝也是困境;一分钱憋死英雄汉是困境;钱太多让你的后代产生分裂也是困境。事业的困难失败,情感的背离背叛,处境的尴尬拘禁,都是困境。

所以,如何面对和解决困境,是行走人生的重要探索。

走出低谷

人的一生是有限的。用你的有限所经历的,就更有限了。这就是人类为什么要学习、要关心历史的原因之一。通过对历史的了解和学习,我们可以从别人的有限中,获取到我们没有机会体验、也不可能经历的那部分有限,继而用别人直接体验所获得的间接经验,来支持滋养自己的人生。

既然困境是人生无可避免、也不能逃脱的宿命,那我们该怎么面对它呢?这个问题是不能简单得出结论,也不会有简单的结论的。马克·吐温说过:"让我们陷入困境的不是无知,而是看似正确的谬误论断。"

在本章,我不会给大家什么锦囊妙计,也绝非要送出任何灵丹妙药。我能做的,是铺陈一些我所得到的体会,将我有限人生中的一些有限体味拿出来,给你们也尝一尝。

同一道菜，万千食客，万种滋味。或惊诧压抑，或稀松平常，也许使你茅塞顿开，也可能让你不明就里。谁也没有能力阻挡自己人生中困境的降临，更不可能因别人的承诺而一帆风顺。但愿我端上桌的这几盘菜，能让各位觉得有点意思。有点意思，就是有点滋味；有点滋味，就是一种体味。

先说一个我自己的故事。

20世纪90年代初，经历过好几次创业失败的我，开始了又一次创业。当时，我有幸结识了一位非常优秀的前辈。他很有魅力，博学健谈，懂的东西很多。每次听他说话，对我都是醍醐灌顶，极大的享受。我一直在心里把他当成老师。

后来，他有了一种门路，却没有钱支持，于是就让我跟他合作这个项目，一起挣钱。我完全没有多想，立刻就把自己好不容易刚有起色的公司关掉，把苦心经营的全部家当都交付出来，准备跟他孤注一掷。

出于对他的信赖，我除了出资什么都没有介入，公司全权由他负责。我最喜欢的，就是每天来到办公室，继续听他跟我讲人生，谈哲学。

突然有一天，一个并不显得与平常有什么不同的一天，我像往常一样准时到了公司办公室，却发现公文满地，保险柜大开，所有人都不见了，他的电话也再打不通了。所有之前积累的财货，顿时不翼而飞，而当时的我，除了手中一盒刚买的香烟，连买一张回老家的车票钱都没有了……

面对困境到底该怎么办？

《论语·卫灵公》里有这么一段："在陈绝粮，从者病，莫能兴。子路愠见曰：'君子亦有穷乎？'子曰：'君子固穷，小人穷斯滥矣。'"这是一段孔夫子与众人被困陈、蔡时，与子路的对话。大意是，在陈国的时候，炊断粮绝，跟着来的人都病了，穷途末路。子路愤愤不平，问老师："君子也竟然会窘迫到这种程度吗？"孔子说："君子固然窘迫，却坚守理想，但小人窘迫的时候，就会乱来。"

一个人平常温和谦让，并不能证明他就是好脾气，只有在重压面前，别人都不能忍受的情况下，他还能保持温和，才是真的脾气好。心情好，身体好，处境好的时候，谁都差不多，心都容易宽。可你心情不好，身体不适，处境糟糕时呢？还能心宽释然，与你处境好时一样吗？孔子被困陈蔡的故事，就是说这个道理。君子之所以为君子，最重要的不是日常舒适时的表现，是处于穷困危难时，是不是还能坚守理想，保持自己的作风，所谓宠辱不惊，处变不惊。君子，最重要的就是不能乱来。

这是古代的伦理。

那么,什么是伦理?《国语辞典》释为人伦道德的常理,另一说是事物的条理。伦,本义辈,类。《说文》谓,伦,辈也。就是辈分,顺序。理,本义是加工雕琢玉石。《说文》谓,理,治玉也。顺玉之文而剖析之,可引申为条例、秩序。伦理,就是社会与家庭中处理关系的学问,位置与位置在互动中的格局。君君臣臣父父子子,就是伦理。各在其位,各司其职,就是遵守伦理。

如今,我们要建设新的伦理。但是,不能乱来依然是准则。在这个准则前提下,当今社会的透明度、信息渠道、资源分布要好得多,我们应学会迂回与斡旋,退一步海阔天宽,不能只知进不知退。

正如前面反复强调的,世界是相对的。既是相对的,那么也就同样无所谓绝对的进退。我们要有足够的耐心和毅力去沉静下来,退到可行的一个点上,然后伺机而动。

我最大的秘密在于,可进时要奋进,必退时要学习。想一想,事业中断的时候,竟有了学习的大把时间。哪一次学习是不用重金买来的?绝不要相信学习是廉价的获得。天下最贵的,就是学习。学习给你的智慧,是任何困难都要退避三舍的。

不要再相信谁能给你锦囊妙计,谁能助你化腐朽为神奇。这个念头必是软弱、自卑和空虚者的梦幻,是一切失败的总根。生了急病乱投医,遇到困难找关系,没钱了就借高利贷,这些都是更大的恶性循环的开始。

再说一个伦理让人深陷困境的经典故事:

俄狄浦斯,是欧洲文学史中典型的悲剧人物。他是希腊神话中忒拜的国王拉伊俄斯和王后约卡斯塔的儿子。他的父亲曾害死了珀罗普斯国王的儿子克律西波斯，于是受了"会被自己的儿子杀死"的诅咒。他一出生，就被父亲丢弃在荒野，却意外地被一位牧羊人解救，并因受伤的双脚被命名为"肿胀的脚"，即俄狄浦斯。

俄狄浦斯勇敢、正直、善良，还是一个敢于承担责任的人。他不认识自己的父母，在一场争斗中，亲手杀死了自己的父亲，还娶了自己的亲生母亲作妻子。当他得知真相后，不堪承受巨大的痛苦，就自杀了。

俄狄浦斯的故事，体现了伦理对人的深重影响。我们先从这个故事框定好的情节中走出来，试着换个角度来想一想，假如他永远不知道真相会怎样呢？不是他没杀父娶母，而是他在杀父娶母后，再也没有机会得知事情的真相，而被他杀死的父亲，和作为他妻子的母亲也无法得知事情的真相，会怎样呢？

倘若他很爱他的妻子,他的妻子也很爱他,而他们之间并不知道自己是母子关系,事情会有多少不同?这对相爱的人不能幸福地相互扶持过完一生吗?假如世间没有人知道俄狄浦斯的身世,他就根本无法知道自己杀死的人是父亲,他所爱所娶的是母亲。他也许就可以幸福地一直活下去。

伦理就是这么个框限的东西,它让我们深陷非此即彼、生死纠缠。那么,索性没有伦理、放弃伦理行不行呢?那是我们做不到的。没有父母,你如何生出来?你的孩子,也的确是你血脉中的延伸,对此,你怎能做到视若无睹?为什么不知道自己所杀的是父亲,良心就可以获得安宁,而知道了以后,就要备受折磨呢?这种折磨到底是来自于自己的,还是来自于他人,或者来自于社会呢?我也不能回答,我也跟你们一样困惑。

情义直叫人生死相许

有人说,恋爱中的女人是最美的。

但是恋爱是不会永恒的。也就是说,恋爱不能让你永恒地成为最美的女人。

爱情之中最美的部分就是恋爱:暗恋,表白,交往,悸动。可惜,有爱恋,还有失恋;有相互甜美的告白,也有心心念念却求之不得。即便你们好不容易走到了交往,还有可能遭遇背叛、不忠和欺骗。

恋爱最神奇的地方,在于你拥有的时候日日充满阳光,阴天几乎是不存在的,你浑身是劲儿,对你爱的人充满热情,为了得到她一秒的笑容,你愿意为之筹划一场三个月的生日惊喜,鲜花也没有她美,世界是因她而存在,你什么都忘记了,你只想和她在一起。

可是,这么好的两个人,这么如胶似漆的两个人,为什么还是会分开呢?

失恋后最难熬的,是你虽然失去了她,由她占据的回忆却还不肯放过你。看到她曾经坐着,现在被空出来的位置会想到她;路过你们一起走的街会想她;喝水的时候想她;吃饭的时候想他;遇到高兴的事情会想她;碰到难过的事情还是会想她。她的讨厌,怪脾气,折磨人的闹腾,在回忆中全都变成了珍宝,你甚至对以前最讨厌她的地方,都生出了渴望。你真恨自己啊,恨自己真的失去了她之后,才发现原来生活里全是她。

终于,你因为忍受不了过去的一切对你现在的折磨,进入了否定一切的心理阶段。你开始对自己说:不,她一点也不漂亮,谁谁谁比她漂亮多了,她的腿以她的比例来说,实在是太粗了;还有她的头发,只要一天不洗就会出油,她还常常懒得去洗。她总是避免你与她的朋友们见面,似乎并不想把你全面带入她的世界。她脾气坏极了,对你也不够好,你们吵架总是你在让步，就算你把好话说到头了，她还要犟着，就是不肯低头。她蛮横无理，总是一会儿这，一会儿那，反复无常；她挤完牙膏总是忘记盖上牙膏帽；在浴室的台子上，总有她掉下来的碎头发；她讨厌极了，讨厌得要死，讨厌得你怀疑自己怎么当初会看上她的！

但是，当你知道她再一次的恋爱消息后，你还是难过了，你又开始受不了了。你开始动用一切手段，来悄悄获取她现在的新欢的消息。长得怎么样？是不是比你高？比你有钱吗？家里干什么的？现在几岁了？什么？他所有的条件都要比你好吗？那怎么行呢？你怎么可以忍受你的旧爱，找到了一个近乎完美的新欢！完了，你的世界崩塌了。你觉得所有人，知道你和她过去的所有人，都在以嘲笑、鄙夷的眼光看你。你们曾经一起经过的街道也叛变了，似乎明确在表示它更满意她现在的新欢。不是你甩掉她的吗？现在，怎么感觉被抛弃的是你呢？为什么你又感觉被世界抛弃了呢？

好了，你终于想出了解脱的办法——你要重新赢回她，把她从她那个完美的新欢手中抢回来，向世界证明你是更强大的那个。行了，就这么办。你开始打电话，发消息，把你曾经用过的手段，曾经没有用过的手段，别人用过的手段，全都用了一遍……一个星期不够，你坚持一个月，坚持一个月不够，你坚持三个月。终于历经半年的艰辛搏斗，你把她赢回来了。那个完美的新欢被你击败，退出战场。

可是，为什么抢回来了，她就不美了？你觉得自己上当了，被她和她的新欢合谋给骗了，你觉得她是不合格的产品被包装翻新了，你是一个受害了却不知道去哪里投诉的消费者。接着，你得知那个退出战场的完美新欢，他也有了新的新欢，他竟然和你的她最好的闺蜜好了！完了，这下又完了，世界崩塌了。你大腿一拍，恨自己有眼不识泰山，没发现原来世界上最美的女孩，是那个闺蜜。

阳光又降临了,阴天好像再一次要几乎不存在了。你,开始了美妙的恋爱循环……

小孙除了个子稍矮点,外形上是很漂亮的。大学毕业后,在德国读了几年研究生,也在那里认识了她后来的老公,她的一位同班同学。当然,对方也是一个中国男孩。两个人研究生毕业后,共同选择了回国发展。他们回国后做的第一件事,就是结婚。

小孙和老公的事业都发展良好,所以很晚才想到要孩子的事。她第一次怀孕时,已经三十二岁了,但这个孩子在差不多五十多天的时候忽然胎停,不发育了。小孙稽留流产了。当时两个人虽然都很难过,但并不绝望,因为想到接下来还有机会。流产手术后没多久,小孙就开始调养身体,积极备孕。一年后,她怀上了他们的第二个小孩。因为前一次的失败经验,小孙决定辞掉工作,专心在家保胎,老公也很支持。遗憾的是,孩子只比上次多留了十天,在大概六十天时,又不发育,胎停了。小孙只能再一次接受手术。

不仅仅是身体的剧痛,小孙心理上也极度自责。她和丈夫两人开始去医院接受各项指标的检测,但都没有查出什么具体问题。小孙觉得也许是自己身体底子不好,又与前一次手术相隔太近,于是决定彻底调养两年,再要孩子。两年后,她如愿地怀上了他们的第三个孩子,但这个孩子刚被夫妻二人发现没多久,就自然流产了。

一而再、再而三地失去孩子,让小孙痛苦到了极点。每当她觉得痛苦,走不下去了,她的老公是她的全部希望。她想,至少要为了老公,要为他而坚持下去,一切都会好起来的,至少他们还相爱。但谁知道,失去第三个孩子后没多久,她发现老公出轨了。

尽管她的身体还很虚弱,但什么也压抑不了她的怒火。她开始砸东西,用绝食跟老公怄气、抗议,她摔碎丈夫的手机,锤烂了他的电脑,把他的工作资料、书籍等等,统统从家里九楼的阳台往下扔。老公承认了出轨,心里也真有悔意,不断请求她的原谅。

但小孙就是气不过,她觉得一切都是因为她没有生出孩子,她觉得丈夫羞辱了她。不管老公怎么竭力挽回,如何耐心地劝导,她仍然难以填平心中的愤恨。甚至老公越低头,她越恼怒,越要折磨他。她恨死了,她把自己一切的不幸都发泄到老公身上。

小孙的丈夫给了她很多时间平复,也付出了极大的耐心去等待,他不断地承认自己的错误,并向小孙表示,他可以不要孩子,只要小孙跟他好好过就行。但是小孙受不了。她不相信自己的丈夫可以真的不要孩子,因为她自己就做不到。她执意要把丈夫的出轨,与自己生不出孩子的失败联系在一起。她对完美人生、完美家庭的期待,是绝不可以缺少孩子的。

最后,丈夫只好同意离婚。等小孙回到空空的家,从狂怒的心境平复下来后，悔恨就到来了，并全面将她包围。她既想承认自己是后悔的，又好像被什么东西拽住了，不能够真的承认自己是后悔的。她一遍又一遍告诉自己，她没有错，是丈夫错了。

几年后，她的丈夫又结婚了，与新的妻子没多久就有了小孩。小孙自杀了。

说朋友反目、落井下石、背信弃义的故事太多了，但我最记得的，给我印象最深的，是一个很特别、很异质的故事。

多年前，我听朋友说过这么一个事：他的一位编剧朋友，在四十多岁一次生日的酒局后喝多了，在场的只有他没喝酒，所以他决定亲自把这位喝多了的寿星送回家。

在送他回去的路上，他的朋友忽然悲泣不止，让他无所适从。等他把车在路边安全的地方停踏实了，那位编剧朋友说道:"你知道的,我小时候作文得奖,然后一路被重点培养,保送,再到今天这样的。"我的那位朋友马上就表示他是清楚并知道这段历史的,连连点头。他当时最担心的,是他那位编剧朋友是不是有什么不适,会不会呕吐在他车上。然后,那编剧接着说,"我小时候得奖那篇作文,叫《一件难忘的事》。写的什么呢?就是写我小时候跟别人玩,不小心掉进了臭水沟。我当时整个人都傻了,连救命都忘了喊,就呆呆地陷在那儿了。我的朋友们急坏了,马上就开始各种想办法,要把我救出去。他们连着试了很多方法,可都行不通,我在臭水沟里待着,都快绝望了。后来,有一个路过的姐姐知道了,二话不说就下到臭水沟里,把满身恶臭不堪的我给救出来了。不管我和我的朋友们怎么问,她都不肯告诉我们她的名字,最后只是拍拍我,跟我说:'以后要小心啊,赶紧回家洗洗吧。'然后,就穿着因为救我而脏透的衣服走开了。这件难忘的事,使我真正相信了，人间有真情，世上好人多。我写完后，老师问我，这是不是真的，我告诉她这是我亲身经历的真人真事，我的父母也可以为我做证，因为那天我回家，满身都是臭水。

"所以呢，先是班级，再到全校，我们区，我们市，我的这篇作文一路被表彰，一路得奖，造就了今天的我……我今天四十岁了，后来再没有写过一件难忘的事。我有那么多朋友仰仗，有现在的社会地位，都是因为小时候那一件难忘的事。呵呵，一件难忘的事，真的很难忘啊……

"但是，事情根本不是这样的。"他停顿了很久，才接着说下去，"实际上我一掉进沟里，我的朋友们就跑的跑，笑的笑，全散开了，只留下可怜的我在那里无助地求救，哭，哭，又求救。我根本看不见地面上有没有人经过，只能在臭水沟里反复地哭喊，救救我，谁来救救我？一直到天快黑了，也没有一个人搭理我。我实在绝望极了，知道不会有人来救我了，就终于开始想办法自己出去。你知道的，在臭水里待久了，就闻不到臭了。我试着挪小步，试着用手去摸，终于摸到一个像梯子一样的东西。我高兴啊，就挪过去往上爬，谁知道那是个坏了的梯子，好不容易爬上去，我又掉下去了。我觉得自己流的不是眼泪，可能已经是臭水了。后来，我经过不断的尝试，靠着那个坏了的梯子，终于从沟里爬了出来。我记得那天回到家，爸妈问我怎么搞成这副样子，我想都没想就说出了上面那个版本。接下来，你都知道了，就是这样了。"我的朋友不知道该说什么，就随口回了句"真的假的？"

"这件事是真的，但我从来没跟任何人讲过。我真高兴我今天竟然说出来了，我觉得我自己得救了。当时那些跑了的朋友问我后来怎么上来的，我就跟他们说是被一位姐姐救了。不同的人，我都给了不同的解释，但实际上根本没有人理我，根本没有人救我。前一秒还跟你玩得正欢呢，昨天还说我们是最好的兄弟，拉钩上吊一百年不许变的……你掉沟里了，除了笑你，就是怕你，怕你把臭水弄他们身上，全跑了。"我的那位朋友既震惊，又觉得有点尴尬，还是不知道说什么好。然后那位编剧马上说："咳，没事儿，我们那时候都还小不是吗，都是小孩儿，谁懂呢？谢谢了兄弟，今天谢谢你能送我回家，对了，你是那个……"

人生在情感上最大的悲痛——失恋、背叛和骨肉分离。所谓骨肉分离，不是地理和时间上的分别，而是父杀子，子不认父的苦痛。这些为什么会令人痛不欲生？

因为寄托，将自己交付出去，全部交付出去，而不知人生的有限和相对。怎么面对恋爱、亲情和友谊？这又是一个新的伦理。

五旬男子因无钱给儿子买婚房跳楼，亲兄弟为拆迁分房大打出手，反目成仇。人怎就要陷入这些泥潭，又为什么会走向这样的绝境呢？托尔斯泰说过："幸福的家庭都很相似，而不幸的家庭各有各的不幸。"困境来临，惋惜你所失去的，悲叹你的不如意，可以让你不那么不幸吗？

我们古代讲家庭关系、江湖义气的伦理学著作多，但专讲情爱的很少。情爱是生死相许，这在元好问的诗词中，吉光片羽地呈现过一次。但其实这是情感的核心，用今天的话讲出来，就是绝望之望。你在绝望后还爱，不要命地爱，你怎会有失落？或者这个事情的反面是你知道自己的情感几斤几两，既做不到生死相许，所以何必过分要求别人？大家都在情爱的苦海中，都不容易。行路难，不在水，不在山，只在人情反复间！但是，人情反复只在他人，受苦的总是你吗？你能保证自己永远不会人情反复？

在一个个悲苦残酷的故事、电影、新闻事件里，你为他们挥泪，愤慨，感同身受。但那个小学时车祸离世的同学,你还记得他叫什么,长什么样子吗?当时,全班同学都因为他沮丧了好长时间。你们写过很多缅怀的作文、办过板报,甚至排演过好几场精彩的追忆会。可如今,怎么你就是想不起来他叫什么名字呢?博尔赫斯说:"人死了,就像水消失在水中。"

如果人类能做到只因一次悔恨就彻底长了记性,再也不会重复苦痛和错误,那还叫人类吗?法利赛人围着一个妇人,要拿石头砸死她。他们对耶稣说,这妇人是正在行淫时被抓住的。耶稣对他们说,你们中间谁是没有罪的,谁就可以先拿石头打他。人群静止了。

同是天涯沦落人,相逢何必曾相识。举心动念,无不是罪。我并不比你好,你也没有那么糟糕。我们因为都见到自己不足的有限的起点,于是就能坦然接受人生的有限,世界的有限。只有看穿人生的底,才知道生命究竟有多高。绝望之望,就是佛教说的,看破红尘补红尘。

你已经知道了快乐和幸福是有限的，那么当你在困境中，暂时地失去快乐和幸福，就不会那么难过，丧失希望了。因为你明白，困境也是有限的，悲伤也是有限的。尤金·奥尼尔说："我们生而破碎，用活着来修修补补。"承认已经是破碎的人生，你就不会再悲哀于人生的缺失了。你已经知道我不能是最好的，我也接受了你的不完美，人就可以互相担待着点。你对我好些，我也对你好些，这是我们在有限人生的有限快乐追求中，唯一可以靠自己的力量做好的。

最低的限度

在美国中学的生理健康课上，老师会苦口婆心地教育同学们如何避孕，如何防范性病，并督促他们一定要到校医务室去领免费的避孕套。还有一位美国父亲，告诉他每天要穿过危险街区的女儿，一定要带好避孕套，这样至少遭遇不幸后，不至于怀孕。这是中国伦理中没有的。

我们的伦理是失节为大，是触柱寻死，是不屈，不投降，不成功则成仁。

十四岁女儿和男生早恋开房，被父亲用冰球杆殴打至尾骨骨折；少女早恋被家长反锁在家；高中生与未满十四岁少女早恋，发生性关系致其怀孕；大学生偷室友钱包，被母亲当街暴打。看到这些新闻后，你是拍手称快，还是愤然不平？或者事不关己高高挂起？

我一直在想，恋爱，是分早晚的吗？儿童、幼女、少女，她们所产生的恋爱愿望就是不对的吗？我们该怎么面对其中的冲突呢？显然，这绝不是靠你一味地强调解放，或者一味地进行管束就可以解决的。但这个问题，实际并不复杂，如果觉得复杂，是因为没有认识到"有限"的生命起点。

你已经很清楚人性是各异的,那么,自然就有情窦开得早的,还有情缘来得晚的。社会对所谓"早恋"的担忧,实际上是对未成年人不可确定的未来人生走向的担忧。但你揍了犯错的孩子,不光是为了出气,主要是要告诉别人你揍了,你采取措施了,对此你不是没有反应的。其实,孩子还是不知道发生了什么,你也不知道发生了什么。

当街暴打偷室友钱的儿子,许多人会说这母亲真厉害,大义灭亲。的确,我们的先人对我们有过大义灭亲的劝导,他们还说过士可杀不可辱,还说过饿死事小失节事大。但真的是士可杀不可辱,饿死事小、失节事大吗?假如你公司破产,老婆改嫁,为了抚养你年幼的儿子,只好在你曾经的冤家的手下打工怎么办呢?难道你硬挺着不去?你受尽屈辱,明明是无路而行却又不得不行。你想了结你自己,但你的孩子还没有长大。多少次,你在楼下小铺的门口徘徊良久,与自己想要偷走那排面包的歹念抗争。当然,你最后还是没有偷。你没有偷,不是不敢,也不是害怕社会对你的指责,而是担心你被关进监狱后,你的孩子会没有人管。为了孩子,你四处借贷,负债累累,谁对你都唾弃,谁对你都鄙夷,在你的处境中,连鳄鱼的眼泪都显得珍贵可惜。但你终于会走出来的,你的孩子会长大的。他十八岁那天,阳光降临。你激动的泪水在心里翻涌滚滚,即使它们从来不曾流到任何人眼前……

我记得,《论语》中也有这样的段落:

叶公语孔子曰:吾党有直躬者,其父攘羊,而子证之。孔子曰:吾党之直者,异于是,父为子隐,子为父隐,直在其中矣。

什么意思呢?就是说,叶公对孔子说:我们乡里有个行为正直的人,他父亲偷了羊,他便去告发。孔子回答他,我们乡里的正直人与此不同。父亲替儿子隐瞒,儿子替父亲隐瞒。正直自在其中。

正直的根本是什么呢?孔子告诉我们,正直的根本是爱。

我无意鼓励放弃节操、放弃伦理的人生,人是不能乱来,不能没有操守的。但是,坚持操守的前提,是我们已经获得了最低限度的人生满足。这个最低限度都没有,生命的基础都没有,何来操守呢?生命之于操守,就如大地之于安泰俄斯。脱离了大地的安泰俄斯,不仅失去神力,连基本的生存能力都会丧失。

英国有一场只允许写六个单词的微小说大赛,大赛里有一句令我印象极深:

"Sorry soldier, shoes sold in pairs."（对不起，士兵，鞋是成双出售的。）

我被这六个单词震动了。那个只剩下一条腿的士兵形象，不受控制地长久停驻在我脑海中。我又想起还有多少那些不知姓名的无定河边骨，犹是春闺深处梦里的人。

生命的最低限度，因为我们不同的生命起点，对于每个人是不一样的。不过，再不相同，也改变不了人要先有命，再有守。只有先获得了生命，才有可能谈到操守。这就是人类一直讨厌战争的原因。

不管是出于宗教、政治还是经济的原因，人类之间的各种争战，总是无可避免。但你呢？作为生命存在的你，是否应该加入战斗，又到底为什么要奔赴战场，是不是也应该好好想想清楚？

好汉何故上梁山？答曰杀父之仇，夺妻之恨。杀父夺妻的仇恨,是实在的。只有为了实在的需要,以及你最低限度的生命要求被剥夺时,你的抗争才有基础。

悲壮的是,你为自己生命的最低限度所做之抗争,有时候会需要你付出你的全部生命。

但你没有………

还记得吗?那天我借用你的新车,

结果把车子撞出了凹痕。

我以为你会杀了我,但你没有。

还记得吗?那次我硬拉着你去海滩,

你说会下雨的,结果真下了雨。

我以为你会说"看吧,我就说嘛",但你没有。

还记得吗?那天我和所有的男孩子调情来惹你吃醋,

然后你真的吃醋了。

我以为你会离开我,但你没有。

还记得吗?那天我忘了告诉你那个舞会是要穿礼服的,

结果你穿着牛仔裤亮相了。

我以为你会甩了我,但你没有。

是的,有太多事情你都没做,

但你一直迁就我,爱我,保护我。

我会做很多事情来报答你,

只要你一从越南回来,

但你没有。

这首诗的作者，是一位普通的美国妇女。她的丈夫应征去了越南战场，后来不幸阵亡。有一天，她的女儿在整理遗物时，发现了这首未曾发出的情诗。

第六章
体味,不断地体味

祝贺你，完好地从前章的困境中走出。

不论是滋味之味，还是趣味之味，最终都要由体味来融合，来收获。

虽然前面的章节，我经常提到体验以帮助大家理解体味，但实际上，体味和体验是不同的。体验，是来自于experience的翻译词，它在英语中既是名词，也可以作动词。作名词时解释为经验，体验，经历，阅历；作动词时表示感受，亲身经历，发现。体味，

《国语辞典》释为亲自仔细地体会。就是说,体味是一个认识、体会的过程。虽然都以体为本,但体验强调是验,即要验证,求证;而体味则强调味,关乎人的认知与觉知。所以,体验归根结底与体味是两件事。前者强调结果,即发现与验证,而后者强调的是知与行的统一。

我们传统文化讲"知行合一",其实就是体味。体味,有一个体认的认识过程,和与之同时发生的觉味过程。如果简单用认识和实践两个方面来诠释知与行,也是片面和割裂的。体认的意思,不是理论的认识那么简单,而是身体全部认知器官的综合认识过程,这个过程本身就有实践在里面。再者觉味,更是一个有认识参与的反思和再认识的过程,也是有生命活动在其中的。

所以,中国人说体味,是认识和实践不能二元对立的生命活动。

体味是味的人的最高级呈现。

复杂的体味活动并不是本章可以一以概之的。本章将从多个方面来论述体味，与大家分享，以抛砖引玉。

你有没有想过，美体，到底是什么意思呢？是指美丽的身体？美化你的身体？或是一切关于美的体会？这些回答恐怕太简单了。

美体，是身体、肉身的形态以及综合活动的美化过程，包括塑造形体美、容貌美、体格美、力量美、柔性美、中性美等等。

形体美

还记得《美的人》中纳西索斯的故事吗？他爱上了水中自己的影子，最终变成了水仙花。到底有多美，才能让自负骄傲的他陷入迷恋无法自拔？镜中貌，月下影,隔帘形,睡初醒。

《诗经》中说,人而无仪,不死何为?常有人将其中的仪,误读为礼仪,这是不对的,应指的是人之容止仪表,如《诗经·大雅》中写:令仪令色,小心翼翼。

形体美,是包含人体全息外在的第一展现。绘画中,必先状其形再描其貌,有形才有貌,形为貌之载体。

形体美不单是一个标准。它不是几个准确的三围尺寸,比例长短,它是在不同时境中,会随着相对标准而运动转换的。那么,到底如何来核准我们是否达到了形体美呢?这就要说到目的。形体美的核心,是用形体留住别人的眼光,唤醒他人从形体而产生的愉悦感。也就是说,只要你以形体呈现达到了唤醒他人愉悦感,留住他人眼光的目的,你的形体美就是成功的。

形体美的成功,在于合适,适当,恰到好处。你的整体合适了，舒服了，人的阴阳气血自然协调平衡，与自然呼应。凡物必有形。但形有全有碎，有整有零。化零为整，协调周身，是得到全身形体愉悦感的重要手段。你的形体通畅舒服了，那么别人看起来也会是舒服的。纳西索斯就是被自己给美舒服了，只是他未见得知道，把他美舒服的是他自己。

"划袜步香阶，手提金缕鞋。"不见其貌，已为其醉。这就是形体美的曼妙。

容貌美

司马相如说，有一美人兮，见之不忘。一日不见兮，思之如狂。

怎样的美人，会让人一日不见便思之若狂呢？

《诗经·卫风》中那一行详述美丽面容的诗句，必然是绕不开的："手如柔荑，肤如凝脂，领如蝤蛴，齿如瓠犀,蓁首蛾眉,巧笑倩兮,美目盼兮。"

人的质料各异,性亦有长短盈缺,于是,不可能每个人都是一副面容。容貌美也是目的。呈现容貌美的是你,肯定容貌美的是他。但是,事物总是分为主次的,自赏容貌之美为主,他赏容貌美为次。

所有面貌的美,关键在于亲和力。什么是亲和?亲,近也。和,相应。让人觉得亲近,又与他相合适,就是有亲和力了。莲花与芙蓉可相亲和,但芙蓉难与梅花亲和。亲和之间,是存在一种相近的、合适的关系的。我们常说,见到谁谁谁让人如沐春风,春风拂面,倍感温暖,暖意由亲而生。《红楼梦》里贾宝玉初见林黛玉说,这个妹妹我曾见过的。他见过吗?或许他真的早就见过了。也许是从妹妹的容貌中望见了自己,也许是在自己身上早见过妹妹。亲和,是用容貌打动别人的重要因素。

"芙蓉不及美人妆,水殿风来珠翠香。"

体格美

谈到体格,大多数人会联系到身体素质,人体外表的形态结构。辞典释体格为身体的发育情况与健康状态,或是体态。

体格,其实是关于体量与体魄的。追求体格美,源于人类对能量的崇拜。

我见青山多妩媚,料青山见我应如是。其实,只要你以青山的能量激励自身,就可以获取到青山的能量。

奥林匹克精神,是人类对其自身体魄极限的一种探索。它以竞技来激励人们对自己体能更快、更高、更强的开发。能量是多种多样很丰富的。多种能量的发掘和积聚,可以有力地放大和拓宽你的体量与体魄。这里所指的体量,不是生理层面的体量大小,而是指你身体能量的大小。也许你个子不高,还很瘦小,但是你的能量却很大,这样不是更美吗?

力量美

力量,力之量。力有大小,力所能及之量,更各有千秋。

力量美,说的是力大。但力是分类的,又是辩证的,某一方面的强项,在有限中体现出来,就很不一般了。

小力之人,却有大量;力大之人,却有量小之憾,这样的反差就会形成张力,张力带来美。

"并刀如水,吴盐胜雪,纤手破新橙。"纤手,不仅纤细美谲,还可以是刀,是水,是盐,是雪。力之所及,就有受力,受力则有量,有量则有高低,所以我们需要量力而行。

力量美,不仅需要增长力量,更重要的是控制力量。在掌控把握间,扩展力量的纵深长短。有力有量,还有对发力之量的精准控制,那你的力量美自是得心应手,挥洒自如,让别人欲罢不能。

柔性美

柔性美之柔,不是单一质地的柔,不是让你软塌塌,而是绵里藏针,有韧劲的柔。刚易折,柔易曲。姜太公钓鱼宁在直中曲,我们在人世间行走则应学会在曲中直。这就是为什么要绵里藏针。

绵中针,是你的内在力量。柔性美,就是内在力量的外在屈曲化。

不到必要的情况,千万不要在光天化日下直直地裸露你自己,不如柔曲,以曲护直。

"巧笑之瑳,佩玉之傩。"君子美人为何皆爱佩玉？玉，就是物质中柔性美的典型。钻石虽硬，却易崩裂，玉是硬度与柔韧的平衡。

回顾一下《美的人》中桃花之品会更好理解。桃之夭，是为屈曲。桃之夭夭，就是曲柔之美。曲柔之美有五性：灵性，弹性，绵性，阴性，阴中之阳性。五性之中的弹性，就是柔性美之扼要。弹性，是弹簧之力，而不是面条之美，有弹性的韧劲，才是柔曲的温婉。柔性美是以柔为外在，以刚韧不屈为内在的美。

《水浒传》里，潘金莲对武松说，你若有心，吃我这半盏儿残酒。这话真是柔性美的典范。

中性美

所谓中性美，并不只停留在阴阳性别的平衡上。最美的中性，应是综合性、完整性的平衡，动态的平衡。气味、温度、性格、音高、语气，甚至发脾气的频率，任何一个方面,都需要对度的中性把握。

人心匪石,不可转也;人心匪席,不可卷也。但这不可转卷的人心,却是可以被打动的。

"垆边人似月,皓腕凝霜雪。""酒未入口,人却先醉。转眄流精,光润玉颜。含辞未吐,气若幽兰。华容婀娜,令我忘餐。美亦食饮,使人饱餍。"

如柔性美中所提,玉就是在软与硬之间的持中平衡。不过,持中的手段,有时是暂时性的,有时又是长期性的。要根据不同的对象来不同决定。例如眼下马上要赶赴的宴会,那就等不起你长久尺度的把握,你要尽可能一次到位地拿捏准度量。当然,度量在有限的时间中是可以调整的。但是,在一长段与人的相处中,你缓和流转的时间就长,空间就大。你可以大发一次雷霆,冲到度的顶端,只消记得在哪次又落回低处,以达平衡。

几次三番,平衡尺寸,就是中性美的法则。

论述了美体各方面的实质，就要谈到美体的实现。体味是知行合一的。正因为你对美所花的功夫，才使你的美变得珍贵。那么，怎么实现形体、容貌、体格等诸方面的美体结果呢？上述美体的实现，是综合身心活动达到的。身心活动，即身与心两方面的活动。身心不分家，有心参与的，必见于身；身的活动舒展，也必是心的体现和伸张，这就是身心呼应。综合身心的运动有哪些呢？比如旅游、运动、健身和舞蹈等。

旅游很好理解，既是体力的付出，又有身心的愉悦，情趣的滋养。不过，现在的旅游热，带你畅游的可不是裨益身心的美丽旅程。人人尽说江南好，游人只合江南老。严防社会化热门，或所谓人生之必去几处这类陷阱。这些都是旅游行业为刺激消费而定义的虚假标签。你要按你自己的意思走。当然，按自己的意思，既可以是去人皆不往的僻处，也可以是众人趋之若鹜的风景名胜。最主要的是，判断这场旅游是否能让你收获舒服和快乐。

运动涵盖的方面甚多，很难一以概之。所幸，现在是一个人们愿意关注身体、愿意运动的时代。以前的人是劳作太多，身体的疾病往往起于耗损过度。而现代生活的演变，使得现代人常常是久坐瘫软，行立无神，不适多是由缺乏运动、活动不足所致。过度与不足，都不好。

达到健康身体的运动方式不胜枚举，现在盛行的，有力量健美、瑜伽、普拉提等等。很多人是以减脂塑形为目的开始运动的。的确，运动可以带来瘦身塑形的效果，但运动绝不仅是你们燃脂减肥的手段，而是达到以个体的身心舒展来呼应自然的绝妙途径。

看看古人怎么修炼形体美，或者对我们有启发。

五禽戏

五禽戏为华佗所编,他在《庄子》中所记之二禽戏"熊经鸟伸"的基础上,创编了五禽戏。

据《后汉书·方术列传·华佗传》说:"吾有一术,名五禽之戏:一曰虎,二曰鹿,三曰熊,四曰猿,五曰鸟。亦以除疾,兼利蹄足,以当导引。体有不快,起作一禽之戏,怡而汗出,因以著粉,身体轻便而欲食。普施行之,年九十余,耳目聪明,齿牙完坚。"

传统医学说"动则升阳",五禽戏就是告诉我们怎么动的。五禽戏,是师法自然的体味过程。以虎、鹿、熊、猿、鸟的姿态为基础,在伸展中贯通人的血脉窍穴。道,是道路,那么就是方法,路径。五禽戏的每个动作都是对相应的动物体态的模仿,如虎举、虎扑;鹿抵、鹿奔；熊运、熊晃；猿提、猿摘；鸟伸、鸟飞。

人偷食智慧果后，有了自由意志，自由意志于我们有益处也有害处。我们因为懂得了羞耻，而局限了身体的自然伸展。因此，向那些没有自由意志、与天地自然如出一辙的鸟兽学习身体姿态，将激活复原我们的身体血脉，我们的气血就能得以贯通。

生命来于自然，也终将归于自然。现代人通过对医学的、人体的研究，也编创出很多有数据支持的有效方法。科学的基础在于条件的限定，人类万千的差异，实在很难用某一部分特定人群在特定条件下的特定数据来衡量计算。那么，在如何动的问题上，我们为什么不以自然为师呢？

南北朝时陶弘景在其《养性延命录》中有对五禽戏比较详细的论述：

虎戏者，四肢距地，前三掷，却二掷，长引腰，侧脚仰天，即返距行，前、却各七过也。

鹿戏者，四肢距地，引项反顾，左三右二，左右伸脚，伸缩亦三亦二也。

熊戏者，正仰，以两手抱膝下，举头，左僻地七，右亦七，蹲地，以手左右托地。

猿戏者，攀物自悬，伸缩身体，上下一七，以脚拘物自悬，左右七，手钩却立，按头各七。

鸟戏者，双立手，翘一足，伸两臂，扬眉鼓力，各二七，坐伸脚，手挽足距各七，缩伸二臂各七也。

夫五禽戏法，任力为之，以汗出为度，有汗以粉涂身，消谷食，益气力，除百病，能存行之者，必得延年。

壮游天下

前面说过旅游的好处,及如何选择。这里再跟大家讨论一番中国古代旅行的概念。

中国人讲,读万卷书,行万里路。著成"究天人之际,通古今之变,成一家之言"之《史记》的司马迁,就有壮游天下的人生经历。壮游,可谓是读无字之书,禀山川豪气。

拜天地做老师,以草木为楷模。书中自有黄金屋,书是自然的呈现结果。人,草木,鱼鸟,风云,书籍,都是呈现自然的载体。那么,何故要出游?

出游,是要出离缠扰我们的尘俗生活。人不能不立足于社会,又不能沉溺于尘俗。于是,适当的出离,又出离后不忘回归,更利于把握人生于方寸间。

杜甫有一首长诗叫《壮游》,写的就是他自己一生的游历。

走走停停,出出进进。我们需要运动的,不仅是四肢,还有我们的认识与体味。在自然与社会间出离又深入,深入又出离,就是靠壮游完成的人生运动。壮游天下的往来走动,让我们不停滞于当下的情识局限,既不脱离尘世,又不受制于尘世。

庄子说:若夫乘天地之正,而御六气之辩,以游无穷者,彼且恶乎待哉?

禹步

禹步,传为夏禹所创,故称禹步。

《尸子》云:"古者龙门未辟,吕梁未凿……禹于是疏河决江,十年未阚其家,手不爪,胫不毛,生偏枯之疾,步不相过,人曰禹步。"

道家将禹步作为祷神仪礼中所用的一种步法,因其依北斗七星排列的位置而行步转折,也称"步罡踏斗"。

西汉扬雄《法言》卷七《重黎》云:"巫步多禹。"李轨注曰:"姒氏禹也,治水土,涉山川,病足,故行跛也。"意思是说,巫师术士在礼仪祭祀中,常行禹步。有人批注,说大禹因治水而跋山涉水,行路过多伤了脚,是跛足。是故禹步乃是一种学着跛足样子的步子。

为什么要去学跛足的步子来祭天媚神呢?巫舞同源。古人说,言之不足则长叹之;长叹之不足,则歌之舞之蹈之。就是说,如果你觉得语言还不够表达你的所感,就会长长地叹气;长长地叹气,还不能疏泄你的所感,你就会唱出来,舞蹈起来。

《礼记·乐记》说,舞,动其容也。随心之动容,所伸所展,皆为舞。那么禹步呢?大禹的跛足步态,按医学的理解,不是一种病态吗?为什么将病态的步子视为动容之舞呢？动容，就是感动了。心被感动了，称动容。人们的心被大禹的所动所行感动了，觉得美，就要学习他的步子。

这是我们先人的方法。那么我们呢？显然我们已经无法确定还原到大禹令人动容的步法中，但我们应从禹步中获取的，不是具体的步子，而是先辈们用以动容的方法。用这些方法，来激活我们身体中预设的舞动基因。

大禹的步子可以成舞，你的步子也可成舞。重要的，是由心而发。

五禽戏，是四肢躯体的运动；壮游，是对认识和体味的运动；禹步，是一种教你如何动人、又如何展露内心的运动。身、情、心三方面全息的修炼，可以让你更靠近天道预设的自然之美。

当然，你还可以将现代的运动、健身等融合到上述三个师法中,在上述理念中实现美体人生的体味。

人生苦短,一试何妨?

游戏人生

我只喜欢一类人,他们生活狂放不羁,说起话来热情洋溢,对生活十分苛刻,希望拥有一切,他们对平凡的事不屑一顾,但他们渴望燃烧,像神话中巨型的黄色罗马蜡烛那样燃烧,渴望爆炸,像行星抨击那样在爆炸声中发出蓝色的光,令人惊叹不已。

(杰克·凯鲁亚克《在路上》)

垮掉的一代,兴起于"二战"后的美国,活跃于20世纪50年代。这个名称,最早由作家杰克·凯鲁亚克提出,现在却成为年轻一代在老人心目中的形象。

为你的所好消费，其实就是在为你的情趣，为你的美投入。为情趣不计成本地投入，即等于你有不计成本的财富。所以，投入到情趣中的支出与收益，于资本商务中的成本与利润，能是简单的数字关系吗？在情趣中，管他实物还是虚拟，得到了就是胜利。你馋一口烤麸，与你渴慕游戏中至珍的法宝是一样的。只有当你对它们的欲望，被尘俗化绑架为虚荣的需要时，才应当被制止。

游戏人生，并不是一种不严肃的人生态度，而是通过游戏的精神去体味人生。要玩儿人生，不要被人生玩儿。现代社会的加速发展给我们带来了便利，也给我们带来了极大的苦难。几百年，甚至几千年的情识垃圾，极速重压在当代人身上。来自于文化的种种理念、标签，在看似解放的外衣下反而加重了对人的束缚，使人退缩到生存的第一层面的需求中。人在文化的压制下，只能走向文化的反面。说一道万，他们永远只关心有没有解决温饱问题,就这么在衣食住行中荒芜了几十年。所幸,我们终于等来青年一代对生命存在的觉醒。《人类简史》中说,人生带来允许,文化造成封闭。人生自然的生物学,可能性几乎无穷无尽,文化却要求其必须实现某些可能性,而又封闭了其他可能性。

以解决温饱的紧缩眼光看年轻人,一定是颓丧堕落不思进取的。留在生存阶段的老旧人群显然无法读懂,青年人并非不知进取,而是进取的东西与他们很不一样。他们的核心精神是追求人生的快乐,是以快乐作为衡定财富价值的标准。他们要挣脱文化、种族和旧理念的限制,不做概念中的人,而做快乐的人。快乐的人,就是美的人,味的人。

他们不仅摆脱了以衣食住行为目的的生存状态,也比前代人更远地出离于社会人格的生活需求。因此,他们会自信地自嘲他们没钱,他们是屌丝;他们很二很三,甚至很四很五;他们不再计较那些社会中的端庄形象，也对社会位置中限定的人生框架提出了质疑。当你在手表的品牌与价格中反复比量时，年轻人想的是试验半自动机械与全自动机械之间到底哪个误差率最小；你在奢侈品门店中所追寻的上层社会肯定，于他们看来简直是浪费时间和生命。这就是为什么现在一些独立设计师的所谓小众品牌会更受追捧的原因。逝者如斯夫，不舍昼夜。今天的小众，也许会是明天的大众。打住你那贼心又起的老旧认识，孩子们只会说一句，喔！然后轻松飘过。他们专注于人生的游戏，没有更多的时间来关注你的大众或小众区分。因为他们不需要同谋，也不需要比较，需要的是扩充人生游戏中的装备，然后拓展更多游戏的可能。

前代人在文明的裹挟、时势的动荡中，用虚空不实的文化标签掩护了自己退回到生存需求的明哲保身。这种分裂和肤浅，却导致了深刻的麻木。当人类变得只在麻木中深刻，生命还有什么美丽可言？既不会高兴，也难以痛苦；既不太想活，又不敢去死。多数人在二十岁就死了，只剩一副躯壳到七十岁再埋掉。人生啊，一霎时把七情俱已味尽，参透了酸辛处泪湿衣襟。人，真的成了鲁迅笔下的病人，一群病人。前代人眼中的荒芜，正是青年一代的健康与丰满。他们会哭会笑了，可以真的凭自己的兴趣来选择到底是茶还是可乐了。所谓可乐与茶的比较，东方与西方的对立，在他们眼中变成可笑的挣扎。

曾经的穷慌乱的状态，让染上穷慌病症的人群，已无法认识自我与世界，甚至丧失了对生命的信心。人们在穷慌的路上走得太远，以至于忘了生命的起点。千万不要因为你还有病友，就抱团取暖，死不回转。鲁迅说过，从来如此，便对吗？放下来，把你穷慌的执念放下来，自信起来。你对自己没有信心，难道对生命本身也要放弃希望吗？自信是相对的。当你觉得你的自我不够自信时，有没有想过是标准出了问题？在这个标准中缺失的,可以在另一个标准中得到补偿。为什么要傻傻地在一种标准中认真呢?人生难有百年。轻松一点,豪迈一点,勇敢一点!既然是游戏,那么游戏规则也可以变一下不是吗?伊坂幸太郎写道:"你知道人类最大的武器是什么吗?是豁出去的决心。"

把衣食住行放一放,为性情体味狂一狂。

当哲学、文化、地区理念、时代风尚以及职业分野都成为达成游戏精神这个目的的手段时,那么,人是可以从尘世的束缚中摆脱出来的。我们以往最早从属于权力与金钱,后来又对抗权力与金钱,如今终于到了要利用权力与金钱的时候了。当人们懂得利用尘世的一切作为快乐的手段时,游戏精神就实现了。名乎利乎,道路奔波休碌碌;来者往者,溪山清静且停停。活着,到底是要认识世界还是改造世界?或者是为了不被世界改变?一花一佛一世界。你就是世界。认识世界的前提是认识你自己，改变世界的动机，也应是改变你自己。

世界是你，你就是整个世界。

茨威格在《断头王后》里写道："她那时候还年轻，不知道所有命运赠送的礼物，早已在暗中标好了价格。少年们还不识得愁苦滋味，青年人正在享受着年轻，那么，我的祝福就送给那些老旧的人吧。"

"I was so much older then, I'm younger than that now."

（昔日我曾如此苍老，如今才是风华正茂。）

（鲍勃·迪伦）

艺术人生

说牛顿学习很专注，有一次煮鸡蛋，脑子还在思考，就把手表当成鸡蛋扔到锅里去了。还有一次，说他从早上一起床,就开始计算问题,忘了吃饭。等他觉得肚子饿了,天都黑了。他走出房间,正好有风吹来,他觉得很舒服,于是就想,我不是要去吃饭的吗,怎么走到院子里来了?然后就转身回屋。等他回到家,看到桌上摊开的稿纸,又把吃饭的事给忘了,埋头继续计算。

我们以前有一种概念,说科学家、艺术家是多么多么高尚,多么多么刻苦,多么多么能献身于社会,献身于人类的进步。实际上呢?当你察觉人生之味的秘密,就知道,他们没那么传奇,一切都是因为他就好那口啊!牛顿,就喜欢计算,居里夫人,就爱做研究,他们在自己的情趣中高兴着呢,快乐着呢,幸福得无以复加。所以啊,成为一个什么家,才会有成为一个味的人、味家、快乐家的成功呢?他人笑我太疯癫,我笑他人看不穿。他人眼里的疯癫是真的,他人没看穿也是真的。那些成功的文学、科学、艺术前人,他们成功的秘密,就是在于扔掉了尘俗人格化的成功标签,而忠实地选择了追求人生之味。味有百味，得一而乐！你选一种味，一路走到黑，可以得到一种味的大快乐；但你也可以选择很多味，众星捧月，做那耀眼星辰，收获众味聚成的快乐。但是，归根结底，你要做出选择，你究竟想要收获哪种财富？是全息的人生之味的财富，还是尘俗化定义后的单一价值？

太宰治说，所谓世间，不就是你吗？生活不是电影，生活也不是音乐。孔子闻韶乐，三月而不知肉味。老子说，五音令人耳聋，五味令人口爽。不管是视觉的，还是听觉的，不管是吃个口爽，还是可以忘了肉味，人的生命存在，总是无法摆脱注定的审美需要。审美的需要，就是艺术的需要。

艺术的概念，在东方和西方是有差异的。西方人强调的是实现情感升华的技艺，而东方人着眼于实现品质升阶的技艺。虽然都是技法层面的，但目的不同，所用技法的方式与过程也不同。

研究艺术的学问,叫美学。很多人批评美学这个概念不准确,说是从西方谁谁谁那里翻译来的,原词是情感性的意思,即感性思维。而我认为这个词翻译得很好,当初翻译的第一人,一定是考虑过中国人的传统艺术态度。我们既追求品质,便不极端偏向于唯情感论。所以,关于品质的哲学,应当就叫作美学。

从这个观点出发,我们的艺术人生便是更为多样、更为丰富的。

你每天都要吃饭,是维持生命的必然。有时候,你也会为了满足口腹之欲,去挑些精致的小馆,酌饮朵颐。但是,美食家与你有什么不同呢?他不仅是吃饭,而是要对饮食的对象,进行各个层次的体验和比对分析。常有美食家,只喝了一口汤水,就能说出你熬制的配料、时间甚至熬制过程中所用过的香料。这没有什么神奇的,是可以通过方法,然后再加以训练做到的。但是，这是一种思维，是西人理解艺术这门学科的思维。再比如说，作曲，英语为compose，是组织、组成的意思。也就是说，music这样东西，是组织出来的。最贴切的，就是交响乐了。你听到的纷繁呈现，都是以理性方法，科学安排组织出来的。翻开一曲交响乐的总谱，密密麻麻让人发晕。但如果你知道里面的逻辑关系，那就不会显得有多晦涩复杂，只是你并不习惯它的表现形式罢了。

东方人的艺术审美活动，既有对技法的需要，也有对品质的需求延伸。一个东西，既要有法，还要有品。有法有品才能算是成功的艺术作品，让人品味，体味，魂牵梦萦。人类的审美需求是天然被注定的，途径不外乎听觉的、视觉的、触觉的、味觉的，一言以蔽之，就是感官的。人通过感官，获取审美信息，留驻美的瞬间。美的含义有很多，欢愉、痛苦、放纵、克制。对于不完美的天道预设，我们已经重复多次。没有完善的艺术，也不会有完善的艺术作品。艺术，都是以一点的放大，以一方面的极限探索，来试图触及你的全息认知。莱昂纳德·科恩说，不够完美又何妨？万物皆有裂隙，那是光进来的地方。

凡·高画的星空，并不是那个你抬头所见的现实的星空，但凡·高的星空不是真实的星空吗？诗人诗中的月亮，与你现在抬头张望的月亮，既是相同的，又是不同的。肖斯塔科维奇的第七交响曲，除了信念和力量，就不会听到别的什么了吗？到底是什么把你感动了呢？为什么，看到石涛的画，你想到的竟是他的颈背？听《二泉映月》，你想起的是小时候外婆给你吃的那个饭团。你真想啊，在艺术的体验中，真想一件事，真想一个人，真想就这样一直沉浸着，避开再一次走进尘世的宿命。

艺术，是使人摆脱尘世泥沼的绝佳处所，是让我们暂避俗世纷扰的圣境。

然而，这是远远不够的。日月两盏灯，春秋一场梦。动人固然好，但动人也往往带我们进入梦幻的不实，并由此当梦幻落空时便痛苦、失落、颓废，以至于无望。当感性与理性共同来建设自身的品质时，我们将于此生中收获满满。实际的收获怎么还会空幻呢？

如果真的有成功学，那么，美是最大的成功。

浮云吹作雪，世味煮成茶。人生之味，是先寄托于实处，再被品尝玩味的。这点，我们的古人说得很好，叫托物言志。去朋友家做客，一定要准备些礼物，不是虚假客气，也不是夸富显豪，而是对朋友接待的感谢。感谢怎么表达呢？光说出来不够实在，没有具体的表现，那么就寄托在一个东西上，这个东西就承载了情志。美的提升也是如此。在这一点上，我们要实在。

美、味，不是灵魂和肉体脱节的对立，是基于生命具体质料的实在存在。美，是要通过物质呈现的。味，也需要通过人的生命作为载体来承接。

开始寻找你真正想吃的东西吧。习以为常的,只是习。习,既有可能是发于本来天性的,也有可能只是处境中的妥协低头。不要把你累积了多年的习惯,就当成自己的情趣。你天天吃馒头,不代表你真的就是喜欢吃馒头的人。开始一点一点寻觅,一点一点累积你的真实所好吧。这些都将滋养你的体味,带你获取美的荣光。

我讨厌那些把灵魂和皮相分割对立,又想做便宜买卖的思维言论。灵魂不会美丽,灵魂不是靠美丽形容的。灵魂,是依托在你身体中的另一种实在的物质。相貌的不足可以修缮,修缮的起点源于你对自己不足的承认。如果人生总要获取什么荣誉才甘心,那么,美是一切名誉中最高的赞美。还有什么,比别人称你为美人更高的财富呢?

不要被那些把美丽和财富对立的谎话给扰乱了思绪,这些都是吃不着葡萄说葡萄酸的恶意企图。我们为什么要拒绝财富?财富多么美好,财富可以使人快乐。我们要拒绝的,是错误的财富价值观,是单一肤浅的财富认识。时间是财富,健康是财富,爱情是财富,失恋也是财富!任何你的情趣、体味,都是财富。美和快乐当然是最大的财富。

明明上天,烂然星陈。日月光华,弘于一人。十年争战,只为一位美人;引无数英雄折腰的,是美。还有什么,比你是一位美人更富有的事呢?你不用成为诗人,因为你是诗;你也不用歌唱,因为你就是音乐。你挥一挥手,就是舞蹈;你笑一下,我们的心就会流泪。

人生,也许真的不如波德莱尔的一句诗,也许一句诗又真的不如一碗小馄饨。当你被现实所困,要学会走出现实,走向审美,但审美是危险的,你不要在里面贪恋。要知道,美永远是实在的,快乐是实在的。你需要读一行诗,也需要养护你的手指。你需要看一场电影,也需要梳理你的发丝。艺术再美,也不能脱离具体,所以，核心秘密是你。艺术的具体是你。

还记得凌晨四点钟未眠的海棠吗？在寂静昏暗的凌晨，是它让川端康成看到了生命之美。他说过，一朵花比一百朵花更美丽。人世的缺失是注定的，痛苦和劳累早就被预设进命运。所以他说，凌晨四点钟，看到海棠花未眠。它盛放，含有一种哀伤的美。如果说，一朵花很美，那么我有时就会不由地自语道：要活下去！

吃得美一点，穿得美一点；走得美一点，再笑得美一点。追求快乐人生，做一个味的人，是人生的最高品质，而本书和上一本书的写作与阅读本身就是获得过程。当然，下一本书，我还没想好题目，一定会是更有效、更实际的大美旅程。

只有将一本书读到结尾，才能明白开头——味啊！味味死！